심플왕

심플왕

유강균 지음

마인드빌딩

프롤로그

심플왕을 꿈꾸며

이 책은 긴 슬럼프를 겪던 어느 한밤, 두 시간 동안 두드린 글에서 시작됐다. 그날은 몹시도 유별난 밤이었다. 원체 생각이 많은 나는 평소에도 짤막한 글을 곧잘 적는 편이다. 출근할 때 두어 줄, 퇴근할 때 서너 줄. 신호를 기다리며 세 단어. 산책이 길어져 깊은 한 줄기 영감이 떠오를 땐 노트 한 장을 꼬박 채우기도 한다. 하지만 그날처럼 무려 두 시간 동안, 쉴 틈 없이 문장을 쏟아낸 적은 처음이었다.

지금 생각해봐도 무슨 할 말이 그리 많았던 걸까 싶다. 게으름과 무기력증 사이에서 부대꼈던 지난 몇 년을 향한 억울함이라도 토로하고 싶었던 걸까. 늘 생각으로

만 삼켜 미련으로 남았던 후회를 반복하고 싶지 않았던 마음이 긴 글을 쓰게 만든 건지도 모른다.

실은, 다시는 글을 쓰지 않으려 했다. 창작의 고통에 뛰어들 의욕도, 에너지도 바닥난 채였다. 돈벌이가 안 될 글쓰기에 전념할 정도로 삶이 여유로운 것도 아니었다. 할 일이 태산인 까닭에 남은 인생을 통틀어 글을 쓸 날이 올까 싶었다. 설령 오더라도 먼 미래에나 가능하지 않을까 하는 막연함뿐이었다. 이런저런 이유로 글쓰기를 포기했지만 내 머릿속을 끈질기게 맴도는 이야기가 있었다.

그것은 바로 심플에 대한 이야기였다. 심플하게 사는 삶에 대한 이야기. 단순히 물건의 가짓수를 줄이며 간결한 삶을 지향하는 미니멀리즘이 아니다. 많은 사람들이 심플하게 살기 위해 물건을 버리고 주변을 정리정돈해야 한다고 말하지만 이러한 과정에는 '왜'가 빠져 있다. 무엇을 심플하게 할 수 있는지, 어떻게 해야 심플해지는지 그 방법은 제시해도, 왜 심플해져야 하는지는 설명하지 못한다.

오랜 시간 나는 인생에 대한 회의감과 좌절감으로 괴로워했다. 이대로는 답이 없다는 생각도 여러 번 했지만, 우울감과 무력감에 그런 생각은 금세 잊히기 일쑤였다. 슬럼프로 괴로웠던 그 밤의 나를 구한 것은 바로 '심플'

이었다. 그 밤만이 아니다. 심플의 정립으로 인해 내 삶은 많은 변화를 겪을 수 있었다.

이 글은 심플왕이 되려는 한 사람의 이야기이자 투쟁기이다. 심플은 단순하되 단순하지 않다. '심플하게 살기 위해선 어떻게 해야 하는지'에 대한 이야기보다, '왜 내가 심플해지기로 결심했는지, 그로 인해 내 삶이 어떻게 달라졌는지'를 이야기하고 싶었다. 그런 의미에서 이 책은 일종의 몸부림이기도 하다. 하지만 나만의 몸부림은 아니다. 나와 같은 고민을 했던, 혹은 지금도 하고 있을 당신을 위한 지지의 글이다.

이 한 권의 책이 삶의 지표나 화살표는 되지 못하더라도, 칠흑 같은 어둠을 밝히는 작은 불빛이 되기를. 그래서 당신의 삶이 더 환히 빛나기를 바란다.

차례

Stage 1
이별의 밤

LOADING...

그대가 쓴 일기

서걱서걱. 펜과 종이의 마찰음이 찬 공기에 흩어진다.

당신은 지금 일기를 적고 있다. 당신이 글을 쓰든 쓰지 않든, 풍경은 펜을 잡은 그대 모습을 보여준다.

펜의 흔들림. 여백을 채워가는 글씨. 담담하게 써 내려가는 당신의 표정은 왠지 모르게 쓸쓸하다. 서글픈 눈이다. 한참 종이를 빼곡히 채운 뒤, 당신은 마지막으로 제목을 적는다.

우울의 구름이 드리우는 마을

#. 장면 하나

아침에 색채가 있다면 적어도 내겐 '우울'이다. 답답하고 현기증 나는 하루의 시작. 건조하고 적막한 방 공기엔 우울의 컬러가 채색돼있다.

벌써 일곱 번도 넘게 울렸다 꺼진 휴대폰을 찾아서 손을 더듬거린다. 그리고 천천히 눈을 뜬다. 메마른 눈동자에서 뻑뻑하고 따가운 통증이 느껴진다.

휴대폰 화면의 시계를 보며 나는 통증인지 감정인지 모를 모호한 감각과 괴로움을 느낀다. 그제야 나는 아침이 왔음을 실감한다.

오늘도 역시나 출근 시간에 맞춰 간신히 일어나는 하루다. 천근만근 무거운 몸을 일으키며 간밤의 기억을 떠올린다.

군것질거리를 오물거리며 새벽 늦게까지 깨어 있던 나. 충혈된 눈으로 컴퓨터 화면을 응시하던 나. 어젯밤 내 모습을 그린 초상화가 있다면 찢어버리고 싶다. 아니, 도려내고 싶다.

누군가 내게 스트레스 해소법을 물었을 때 "독서를 하지요", "운동이에요" 하며 근사하게 답했지만, 실은 먹는 것임을 뒤늦게 고백한다.

밤 11시나 12시가 돼서 우적우적 음식물을 씹는

것. 배가 풍선처럼 부풀어 오를 때까지 먹거리를 삼키는 걸 위안으로 삼는 것은 이미 내 삶의 한 축을 이룬지 오래다.

몸을 씻으러 화장실로 들어간다. 거울에는 낯선 내가 있다. 피로에 전 얼굴과는 달리 생명력 넘치는 뱃살은 아이러니하다. 축 처진 아랫배에 접힌 살가죽이 어쩜 그리 애벌레의 희멀건 주름을 닮았는지. 그에 더해 옆으로 튀어나온 옆구리살, 서로 붙어있는 허벅지, 바람 빠진 축구공 같은 엉덩이, 온몸 가득한 주름과 꼴사나운 물렁살.

싫다, 정말. 정말이지 더는 이렇게 살고 싶지 않다.

늦게 먹고 늦게 자고 늦게 일어나고의 반복. 야밤에 먹을 음식을 사러 움직이는 시간, 음식이 나오기까지 기다리는 시간, 먹는 시간, 먹고 난 쓰레기를 치우는 시간, 굳이 먹지 않아도 될 음식을 사느라 낭비되는 돈, 뒤늦은 후회와 자책감, 아침마다 찾아오는 무력감과 패배감, 과부하가 걸린 몸, 축적된 체지방과 피부 트러블.

내 삶은 지금껏 얼마나 낭비된 걸까? 얼마나 허투루 써버린 걸까?

조금만 더 부지런하고 현명하게 대처했더라면……. 지금보다 건강했을 테고, 통장 잔액도 풍족했을 텐데. 직장 또한 더 나은 곳을 다녔을 텐데.

어쩌다 이렇게 되고 만 걸까?

조금은 화려했던 지난날로, 다시 돌아갈 수 있을까?

#. 장면 둘

철퍼덕. 출근길 버스에 올라 가장 먼저 하는 것은, 삐걱거리는 몸뚱어리를 좌석에 떨구는 일이다. 늘 그렇듯 정신을 못 차릴 것만 같은 아침이다.

나는 반쯤 눈꺼풀을 열어 휴대폰 화면을 응시한다. 습관적으로 인터넷 검색 순위를 확인하는 내 엄지손가락. 막상 눌러봤자 별다른 내용이 없는 걸 알고 있음에도 기어코 확인해본다. 무엇을 알고 싶은 건지, 휴대폰이라도 건드려 잠에서 깨고 싶은 건지. 아무것도 알고 싶지 않은 마음과는 달리 손가락은 끊임없이 꼼지락거리고 있다.

버스는 움직인다. 아무리 달려도 먹빛 구름은 사라지지 않는다. 우중충한 구름과 우중충한 버스와 우중충한 공기, 그리고 우중충한 승객들. 마치 영원히 깰 수 없는 깊고 우중충한 꿈에 풍덩 빠진 것 같다.

버스는 달린다. 우울의 구름이 드리우는 마을을 빛바랜 풍경과 함께.

#. 장면 셋

일터로 가는 길엔 호텔 하나가 있다. 나는 호텔 앞 정류장에 내려 호텔 사이를 가로지른다. 투숙할 일도 없는 호텔 근처를, 여행이라도 온 듯 걷는다.

호텔은 마치 무라카미 하루키의 소설 속 남자 주인공이 머물 것만 같은 곳이다. 그 왜 있지 않은가? 매일 아침 여섯 시에 일어나 50분 정도 수영을 하는 다부진 체격의 남자. 아침으로는 우유에 시리얼을 타 먹고, 말끔하게 면도 후 크림색 셔츠를 입고 출근하는 남자. 말수는 적어도 직장 내 인간관계는 원만하고, 업무 능력이 탁월하진 않지만 부지런히 일을 마쳐 제시간에 퇴근하는 남자. 저녁으로는 간단한 소바나 돈카츠 덮밥을 먹고, 집에 돌아와 소설을 읽다가 밤 10시에 잠드는 남자. 주말에는 야구장에서 홀로 캔맥주를 마시고, 코미츠나 에리코 같은 이름의 애인과 함께 집에서 스파게티를 만들어 먹는 남자. 꼭 그런 남자가 묵을 것 같은 호텔이다.

남자는 이곳을 마음에 들어 할 것이다. 백 퍼센트 만족은 아니더라도 잘 정돈된 정원과 곳곳에 돌아가는 스프링클러, 수수한 건물 외관, 북적이지 않은 카운터, 머리칼이 정돈된 직원들, 담백한 요리. 그의 표현을 빌리자면 스트라이크 존 가운데로 날아오는 야구공 같은, 그런 안정감을 주는 호텔이라고 말할지 모른다. 특별할 만한 구석은 없어도 업무차 머물기엔 적당한 곳이라고.

그러나 내게 이곳은 한없이 차갑다. 가만히 건물을

보고 있자면 얼음장 같은 콘크리트가 폐부를 관통하는 기분이다. 차갑다 못해 시린 공기, 죽은 듯한 정적, 조각상 같은 남자 직원과 허리를 꼿꼿이 세운 인형 같은 여직원들. 이방인과 같은 내겐 한없이 딱딱하고 불친절한 호텔이다. 대체 깔깔 웃는 손님이 있기는 한 걸까 싶은, 그런 호텔.

나는 총총걸음으로 호텔 앞 화단을 지난다. 아무런 향기도 나지 않는다.

#. 장면 넷

저녁 7시 30분. 노동으로부터 자유로워지는 시간. 해가 뉘엿뉘엿 저물어가는, 기다리고 기다렸던 하루의 마감 시간이다.

나는 근무복을 벗어 놓고 건물 밖으로 나온다. 이마를 시원하게 식혀주는 바람도 잠시, 도로 옆을 질주하는 자동차가 서늘한 밤공기를 흩뿌린다. 사위에 가득 찬 어둠 속에서 저 멀리 명멸하는 불빛, 황량한 공기, 처량한 내 마음. 사념이 차오른다.

지극히 평범한 삶. 대학을 다니며 친구와 어울리고 아르바이트하던 스물여섯의 늦가을에, 삶을 이루고 있던 커다란 톱니바퀴 하나가 빠져버렸다.

그 톱니바퀴의 이름은 '연인의 배신과 이별 통보'였다.

생애 첫 이별이라서였을까?

나는 그 시기를 내 일생의 모든 눈물을 짜냈던 시간으로 기억한다. 아침에 눈을 뜨는 순간부터 잠들기 직전까지 눈물이 흘렀다. 주체할 수 없는 울음이 새어 나올 때면, 울음소리를 틀어막기 위해 이불을 뒤집어썼다. 방문 사이로 거실에서 텔레비전을 보는 어머니의 헛웃음이 드문드문 들려왔다.

시간이 얼마나 흘렀을까?

나는 집을 나와 곧장 도서관으로 향했다. 폭발하는 설움과 괴로움을 떨쳐내야만 했다. 지금의 내 마음과 기분을 안아줄 문장을 찾기 위해서 무엇이라도 읽어야 했다. 구닥다리 삼류소설이든, 평생 가볼 일 없는 타지의 여행기든. 아무것도 읽지 않고는 도저히 버틸 재간이 없었다. 견딜 수 없었다.

그해 겨울을 온통 책으로 보낼 만큼, 나는 홀린 듯 책을 읽어나갔다. 그러다 영혼을 울리는 문장을 발견할 때면, 달아오른 가슴을 억누르며 종이로 옮겼다. 남들에겐 별거 아닌 글자를 적는 일이 내게는 유일한 위로이자 치료제였다.

행간을 읽으며 그녀가 떠난 이유를 생각했다. 대체 무엇이 문제였을까? 왜 내게 이런 일이 일어났을까? 해답을 찾기 위해 얼마나 많은 생각에 잠겼는지 모른다.

그리고 하나의 물음을 떠올렸다.

'내가 삶을 사는 이유는 무엇이지?'

살면서 처음으로 무겁고 깊숙하게 생의 의미를 고민했다. 단순히 즐겁게 사는 것 이상의 해답이 필요했다. 그것이 무엇인지는 모르겠지만, 그녀의 부재가 내 모든 생각의 방향을 뒤흔들었던 것만큼은 분명했다.

이후로 나는 일상에서 문장을 끄집어냈다. 아니, 정확하게 말하자면 문장이 나를 찾아왔다. 가슴을 두근거리게 하는 짧은 단어, 정신을 쏙 빼버릴 듯한 문장, 불현듯 머릿속을 스치는 생각 덩어리가 물밀듯 밀려왔다. 책은 물론이거니와 주변 사람의 대화, 텔레비전 광고, 라디오, 강의실을 채우는 목소리 등 주위의 모든 소리가 나도 적어달라며 내 손에 펜을 쥐여주었다.

2년이 흐르자 노트 한 권을 꼭 채울 수 있었다. 그러는 동안 가슴 한쪽에는 글을 써야겠다는 생각이 자라났다. 나만의 단단한 글을 쓸 수 있을 것 같은 느낌이었다.

그로부터 1년이 지난 봄날. 나는 방에 틀어박혀 키보드를 두드리고 있었다. 머릿속엔 온통 글쓰기 생각뿐이었다. 글자의 행렬이 뇌 안에서 끊임없이 이어지다 못해 밖으로 튀어나왔다. 그해 봄, 공중에 떠도는 민들레 씨가 캠퍼스를 온통 수놓았던 것처럼, 내 방에도 머릿속을 벗어난 자음과 모음이 춤을 췄다.

20대의 마지막 봄이 화려하게 타오르고 있었다.

나는 지나간 세월에 작별을 고하는 마음으로 완성한 글에 '굿바이 스물아홉'이라고 제목 지었다. 그리고 친구가 추천한 게임 회사에 면접을 본 뒤 합격 통보를 받았다. 보드게임 개발자를 꿈꾸던 나로서는 나쁘지 않은 출발이었다. 게임 업계에 발을 디딤과 동시에 나만의 책도 만들어지는 중이었고, 고대하던 학생 신분 탈출이 눈앞에 놓여 있었으니까.

나는 속으로 쾌재를 불렀다.

'굿바이 스물아홉, 헬로우 서른!'

#. 장면 다섯

취업 이후 순탄하게 풀려나가던 삶은 몇 년이 채 지나지 않아 하나씩 꼬여갔다. 먼저는 진행 중인 프로젝트가 취소되는 바람에 회사를 나오게 됐다. 퇴사 후 1인 보드게임 개발을 시작했으나, 전혀 생각지도 못했던―삶의 목표가 수정될 정도의―사건의 연속으로 게임 개발을 관둘 수밖에 없었다.

계절마다 몇 번씩 게임 개발 꿈을 꿨고, 개발자의 삶을 소설로 다루기 위해 노력했고, 수십 개의 보드게임을 구상했고, 보드게임 공모전에 몇 번씩 응모했던 내가 보드게임 개발을 포기한 것은 삶의 의욕이 완전히 꺾이는 일이었다.

삶은 정말이지 내 마음대로 흘러가질 않았다. 이후로 찾아온 건강 악화와 파혼, 극심한 우울증은 나를 지독한 무기력증으로 안내했다. 간헐적으로 찾아오는 불면증과 불안감은 숱한 밤을 쓸데없는 공상으로 이끌었다. 삶은 하나도 즐겁지 않았고, 극심한 스트레스로 몸과 마음이 병들기 시작했다.

나는 모든 일을 관둬버렸다. 아무것도 하지 않았다. 잠을 실컷 자고 카페에 앉아 멍하니 시간을 보냈다. 영화를 보고 책을 읽고 웹서핑을 했다. 늦은 취침과 늦은 기상을 반복하며 한없이 여유롭고 느리게 살아갔다. 스트레스는 예전보다 줄었지만 마음 한구석이 늘 불편했다.

그러던 어느 날, 문득 예전의 메모를 발견했다. 20대 후반에 자기계발서를 잔뜩 읽으며 기록해두었던, 나름대로 정립한 삶의 정수를.

성공의 법칙

① 꿈: 간절한 꿈 ⇒ 불타는 욕망

② 목표: 선명하고 명확한 목표를 세워 ⇒ 자기 암시(잠재의식), 상상력(시각화), 수시로 생각

③ 계획: 단기, 장기 계획을 세우고, 수시로 봐야 함

④ 행동: 확신(스스로 믿음)과 열정으로 실천

⑤ 습관: 힘들이지 않고도 지속적인 노력을 가능케 함

⑥ 집중: 삶을 낭비하지 않고 한 가지에만 집중(몰입)

⇒ 즐거움, 기분 좋음, 엄청난 에너지 생김

⑦ 성공: 꿈이 현실이 됨

(①~⑦까지의 과정: 행복)

지금껏 경험하고 깨달았던 성공의 과정이었는데, 이를 잘 알고 있으면서도 나는 어느덧 성공과 거리가 먼 사람이 돼있었다. 대체 왜? 뭐가 문제였을까? 의지가 부족해서? 간절하지 않아서?

누구나 그렇듯 나 또한 원하던 삶이 있었다. 그것은 바로 '몰입'의 삶. 나는 하나에 심취하여 모든 시간을 몰입하며 살고 싶었다. 인생을 돌이켜보면 이따금 강렬한 몰입의 순간이 있었고, 그때의 행복감은 이루 말할 수가 없었다.

나는 완전한 몰입을 꿈꿨다. 진득하게 글을 쓰고 싶었다. 아침에 일어나 물 한 잔을 마시며 오롯이 글만 쓰고 싶었다. 아무것도 신경 쓰지 않고 키보드만 두드리면서 배고픔도 시간의 흐름도 잊은 채 글에만 집중하고 싶었다. 새하얀 노트북 화면을 짙은 활자로 채우는 감각에, 키보드의 기분 좋은 울림에 한껏 취하고 싶었다. 머릿속에 추상적인 형태로 남아있는 단어와 문장 꾸러미, 그리고 생각 뭉치를 잊히지 않을 글로 하얀 공간에 쏟아내고 싶었다.

어디 그뿐일까? 보드게임을 만들고 싶었다. 창밖 날씨가 요동을 쳐도 몇 날 며칠을 방에 머물면서 한점 흐트러짐 없이 존재하고 싶었다. 긴 인내의 시간을 버티고 버텨 근사한 보드게임을 디자인하고 싶었다. 창작의 희열을 맛보고 싶었다. 내가 만든 게임을 플레이하며 웃는 사람들을 상상할 때면, 그보다 더 두근거리는 순간은 없었으니까.

글쓰기와 보드게임 디자인이라는 꿈을 이루기 위해서, 나는 자기계발서에 적혀 있는 성공의 비법을 그대로 실천했다. 노트 한 권에 원하는 삶의 모습과 목표를 문장으로 정렬하고, 동기부여가 되는 사진을 붙여두었다. SNS에서 본 친구의 대기업 입사 소식, 닮고 싶은 연예인 외모, 살고 싶은 집, 갖고 싶은 물건, 그밖에 이루고픈 성취 리스트. 이 모두를 취업, 사랑, 몸, 스펙 등 여러 카테고리로 분류했다.

노트 한 권으로 시작된 이 작업은 시간이 갈수록 점점 세밀해졌다. 내 꿈과 목표와 삶의 이유는 치밀하게 분석되어 하나의 정의와 신념으로까지 정립됐다.

가령 '나는 왜 보드게임 디자이너가 되려 하는가?'라

는 물음이 든다면, 그 이유를 확고한 세 문장으로 기록했다. 그리고 그것을 이루는 방법을 '계획' 칸에 적었다. 목표를 이루기 위해 어느 시점까지 무엇을 해야 하는지, 이번 달과 이번 주에는 무엇을 달성해야 하며, 오늘은 몇 시에 일어나서 어떤 일을 끝내야 하는지를 기록했다. 기록의 대가 류비셰프(50년간 하루도 빠짐없이 시간 통계 노트를 작성하며 무수한 연구논문, 학술자료를 남겼던 남자)에는 한참 못 미칠만한 수준이었겠지만, 나는 수없이 많은 시행착오를 거치면서 나름대로 기록을 통해 내 삶을 지휘했다.

하지만 난 꿈을 이룰 수 없었다. 책에서 읽은 대로, 강연에서 배운 대로 비전 보드와 버킷리스트를 만들어 시각화시켰지만 근본적인 변화가 일어나지는 않았다.

나는 왜 성공할 수 없었던 걸까?

돌이켜보면 이유는 하나였다. 나는 하나에 집중하지 못했다. 꾸준하고 끈기 있게 매달리지 못했다. 친구, 영화, 웹툰, 드라마, 놀고 싶은 욕구, 게임, 군것질, 웹서핑, 늦잠, 쇼핑, 공상, 인간관계, 취미 생활, 실패의 두려움과 불안감 등 내 삶엔 방해 요소가 너무 많았다.

늘 해야 할 일이 산더미처럼 쌓여 있었다. <To do list>에는 언제나 오늘 할 일, 내일 할 일, 다음 주 할 일이 가득했지만, 순간의 즐거움과 자극을 좇아 오늘 일을 내

일로, 내일 일은 다음 주로 매번 미룰 뿐이었다. 그러고는 뒤늦게 부랴부랴 일을 끝마쳤다. 늘 쫓기듯 조급하게 살았다.

그러던 어느 날, 내가 그리 대단한 사람이 아님을 깨닫게 되었다. 별 볼 일 없는, 아무것도 아닌 존재임을 서른이 넘어서야 뒤늦게 알게 된 것이다.

*

시간이 어떻게 흘러갔는지 모르겠다.
앞으로 어떻게 흘러갈지도 모르겠다.
하지만 한 가지 결심한 게 있다.
이제는 좀 심플하게 살아야 한다는 것.
낭비 없이 집중하며 살아야겠다는 것.
그러기 위해서는 변화가 필요하다는 것.
우울의 구름이 드리우는 마을을 벗어나고 싶다.
탈피하고 싶다.
날이 흐렸던 그 시절을 회상하며.
일기 마침.

그녀의 방

나는 반듯한 아이였다. 가지런한 글씨체나 외모, 성격에 대한 말이 아니다.

내가 말한 반듯함이란 정리정돈을 두고 하는 소리다.

어려서부터 내 책상 위에는 필통, 노트, 교과서, 크레파스 등 각종 학용품이 정해진 위치에 자리해 있었다. 책가방 안이나 책상 서랍 속 물건 또한 마찬가지였다. 모든 물건은 내가 정한 일정한 규칙과 질서를 따르고 있었다. 어지럽히고 불규칙하게 물건을 두는 것은 내 성미와 맞지 않았다.

책상 위 지우개 가루를 털어내고 예쁘게 깎은 연필을 틴 케이스 필통에 차곡차곡 넣어두던 꼬마 아이는,

십수 년이 지나고도 물건을 정리정돈하는 중이었다. 그곳은 여태껏 보았던 방 중에 가장 무질서하며 뒤죽박죽 엉클어진 곳이었는데, 한편으로는 한없이 안락하고 애착이 가는 방이기도 했다.

왜냐하면 그곳은, 사랑하는 그녀의 방이었으니까.

*

사랑스럽지만 게으른

성역과도 같은 그녀의 집에 처음 들어갔을 때, 세탁기 옆 빨래 바구니 세 개를 보고 큰 충격을 받았다. 살면서 본 빨래 바구니 중 가장 커다랬는데도 불구하고—조금 과장해서 꼬마 두 명이 소꿉놀이할 수 있을 정도—세 개 모두 가득 차 있었다. 한 바구니에는 나와 몇 개월 전 데이트할 때 입던 분홍색 겨울 코트가 수줍게 파묻혀 있었으니, 동네에서 가장 한가한 세탁기가 여기에 있었다.

그녀의 방은 연예인 옷방을 방불케 했다. 벽이 보이지 않을 정도로 온 사방이 옷에 둘러싸여 있었다. 서랍에 미처 넣지 못한 옷은 바닥에 깔려 있었고, 그녀조차도 얼마나 많은 옷을 가졌는지 가늠하질 못했다. 그 덕에 며칠마다 해야 할 빨래는 몇 달에 한 번으로 점프한지 오래였다.

제주도에 사는 그녀의 어머니는 6개월에 한 번씩 그녀의 빨래를 해주기 위해 서울로 올라왔다. 언젠가 그녀의 어머니가 서울에 오셨을 때, 3일 내내 세탁기가 돌아갔던 것으로 기억한다.

빨래가 이 지경이니 다른 건 오죽했을까?

방 한쪽 의자에는 언제나 옷이 걸려 있었다. 겨울 코트, 잠바, 트레이닝 바지, 스웨터 등 다섯 벌도 넘는 옷이 정글짐을 오르는 아이처럼 겹겹이 뒤덮여 있었다. 의자 방석에도 옷가지가 잔뜩 놓여있어 도저히 앉을 수 없었던 건 말해봤자 입만 아플 뿐이다. 이러니 나는 그것을 의자라 할지 옷걸이라 불러야 할지 적잖이 고민이 됐다. 내가 본 의자 중 가장 옷걸이다운 의자였다.

의자 옆 식탁 위에는 잡동사니가 수북이 쌓여 있었다. 각종 책과 종이 뭉치, 물컵, 과자 봉지, 휴지, 수건, 귀걸이가 널브러져 있어 전자레인지 문이라도 열려면 동선 주변 물건을 치워야 했다.

싱크대 옆에는 음식물 쓰레기통이 있었는데, 그녀는 이걸 치워야 한다는 개념 자체가 없었다. 덕분에 여름철마다 구더기가 벽을 타고 오르는 진풍경이 펼쳐졌다. 느릿느릿, 하얀 벽면을 줄줄이 오르는 구더기는 마치 상공에서 찍은 설산의 산악 행렬을 연상시켰다.

현관문 옆 우산꽂이에는 10개도 넘는 우산이 꽂혀 있었다. 비 내리는 날마다 급히 사느라, 우산은 하나같이 새것이었다. 비가 오는 날이면 우산이 하나씩 늘어났지만, 그만큼 분실하다 보니 우산의 수는 그럭저럭 일정한 수를 유지하고 있었다.

화장실 세면대와 그 주변은 수많은 콘택트렌즈 케이스가 덮고 있어서 비누조차 둘 곳이 없었다. 외박할 때마다 렌즈 케이스를 잊은 그녀가 매번 새로 구매했기 때문이다.

아직 끝이 아니다. 냉장고 안에는 3개월 전에 산 수박이 그대로 들어 있었고, 싱크대 끝에는 몇 달 전 누군가의 생일 케이크가 상자째 방치돼있었다. 또한, 책상 위에는 솜이 누렇게 물들어 마치 노란색 색연필처럼 보이는 면봉 여러 개가 짝지어 있었다.

이쯤에서 예상할지도 모르겠는데, 그녀의 컴퓨터는 이미 고장 난 상태였다. 하지만 컴퓨터를 고치는 일은 너무나 '귀찮은' 일이었기에, 그녀는 컴퓨터를 1년이 다 되도록 고치질 않았다. (대신 누군가의 노트북을 빌려서 사용하고 있었다.)

고치지 않기로는 몇 주 전 고장 난 보일러도 같은 신세였다. 뜨거운 물이 나오지 않자 그녀는 냄비에 물을 끓여 대야의 찬물과 섞어 몸을 씻었다. 덕분에 샤워

시간은 최소 20분 이상 걸렸다. 하지만 얼마 전부터는 냄비가 아닌 커피포트로 물을 끓이니 이것도 요령이라면 요령이 생긴 셈이다.

방 곳곳에는 그녀의 흔적이 가득했다. 식탁 위나 서랍 안, 가방 속, 주방, 침대 등 모든 공간에 귀걸이가 영역 표시라도 하듯 두어 개씩 흩뿌려져 있었다. 방바닥은 머리카락으로 발 디딜 틈 하나 없었고, 쓰레기통 옆에는 볼링핀보다도 많은 맥주병이 줄지어 있었다. 미술학원에 쌓아둔 정물화 사진을 그대로 가져온 느낌이랄까.

그녀는 쿠폰도 참 많았다. 그녀가 MCM 장지갑에서 한 뭉치의 쿠폰을 꺼냈을 때, 입에서 절로 감탄사가 나왔다. 놀라움을 넘어 경이로울 만큼의 두께에 잠시 넋이 나갈 정도였다. 안타까운 것은 대부분이 도장 한두 개짜리 쿠폰이었다는 점. 지금까지의 그녀를 봤을 때 쿠폰의 팔구 할은 사용하지도 못할 게 뻔했다.

그녀의 집 앞에는 세탁소가 있었다. 그녀가 무려 반년 전쯤 맡겼던 옷을 한 짐이나 보관하고 있는 세탁소. 더 놀라운 것은 그녀의 반응이었다.

"뭐, 나중에 천천히 찾아가면 되니까."

침착하다 못해 무사태평한 그녀의 반응을 보면서, 순전히 '귀찮아서' 찾지 않았음을 알 수 있었다. 그녀는 남달랐다. 6개월간 빨래를 찾지 않은 일쯤은 사소한 일로 만들어버리는 능력이, 그녀에겐 있었다.

그녀의 방이 가장 아수라장이 되는 순간은 밤새 술파티를 벌인 다음 날이었다. 당시 내 뇌는 말할 수 없는 방의 복잡함에 이끌려 청소를 하게끔 프로그래밍이 돼 있었다. 어지르는 사람이 있다면 치우는 사람 역시 필요했으니까.

오전 10시쯤 눈을 뜬 나는, 다른 사람이 깨지 않도록 조용히 청소를 시작했다. 먹다 남은 안주를 한곳에 모으고, 빈 술병은 현관문 근처로 옮겼다. 널브러진 쓰레기를 치우고 상 정리를 마무리한 뒤 방문을 닫고 조심스레 설거지했다. 사람들이 깨지 않도록 물줄기를 가늘게 하여 천천히.

그리고 주방 한편에 쌓인 각종 재활용·음식물·기타 쓰레기봉투를 아파트 입구 쪽 분리수거장으로 옮겼다. 오랜만에 대청소를 해본 사람이라면 알 것이다. 10개가 넘는 쓰레기봉투를 모두 버리려면 네 번 정도는 왕복해야 한다는 사실을.

다음은 빨래였다. 나는 바구니 가득한 빨래를 돌리고, 다 마른 빨래는 걷어서 개 놓았다. 깨끗한 옷을 차마 정리되지 않은 옷장에 넣을 수 없어 임시방편으로 방 한복판에 놓았다. 이제 그녀가 할 일은 다 갠 옷을 그저 치우기만 하면 끝. 내가 청소를 하고, 빨래를 돌리고, 옷을 널고 갰으니 그녀는 그저 옮기기만 하면 될 뿐이었다.

내가 청소를 다 끝낸 후에도 여전히 잠들어 있는 그녀를 보며, 나는 A4 용지에 그녀가 해야 할 일을 적었다. 이렇게까지 했으니 이젠 그녀가 밀린 집안일을 하지 않을까 하는 부푼 희망을 품고.

① 빨래 치우기
② 발 마사지기 AS 맡기기
③ 청소기 돌리기
④ 휴지 사기
⑤ 기타 등등

하지만 이 일이 그녀에겐 너무나 어렵고 힘든 일이었나보다. 나는 단 한 번도 그녀가 옷을 치우는 걸 본 적이 없다. 삼사일이 지나도, 일주일이 지나도 그녀는 손가락 하나 까딱하지 않았다. 방 중앙에 둔 옷을 입기만 할 뿐이었다. 방바닥 위의 옷은 그녀가 다시 옷을 입기까지 보관하는 장소였을 뿐 그 이상도 이하도 아니었다.

당시 학생이었던 나는 방학 내내 아르바이트해서 번 돈으로 그녀에게 침대와 화장대를 사주었다. 침대를 산

이유는 그녀의 허리가 너무 안 좋았기 때문이고, 화장대는 그녀가 쪼그려 앉아 화장하는 모습이 보기 싫어서였다. 그녀는 늘 침대를 사고 싶어 했으나 직장인인 그녀의 통장 잔액은 술값과 택시비로 환원되기에도 부족했다.

그때의 날 되돌아보면, 대체 무엇 때문에 그렇게까지 했나 싶다. 하지만 동시에 이해가 되는 일이기도 하다. 누군가를 사랑한다는 것은 그 사람의 삶 전부를 받아들이는 것이기에. 그리고 자신의 소중한 무언가를 포기하고 희생하는 일이기에.

*

내게 빌렸던 12만 원을 헤어지고 넉 달이 지나서야 갚은 그녀. 미납된 60여만 원의 휴대폰 요금을 갚는 데는 2년이란 세월이 걸린 그녀. 보내주기로 약속한 내 짐을 몇 달이나 돌려주지 않아, 결국 내가 집을 찾아가게끔 만든 그녀. 수없이 약속을 잊어버리고 지키지 않았던 그녀. 약속 장소에서 하염없이 기다리게 했던 그녀. 그녀가 내게 미친 영향은 절대 가볍지 않다.

일본의 유명 미니멀리스트 유루리 마이가 헤어진 남자친구의 물건을 버리면서 심플에 눈 뜨는 계기가 됐다면, 내 경우는 그녀의 방을 치우고 그녀를 챙기는 일이 내 속에 잠든 심플 유전자를 깨우지 않았나 싶다.

그녀의 방을 본 이후로, 나는 정리되지 않은 방을 보는 게 불편해졌다. 불필요한 짐과 물건을 볼 때면 치우고 싶어 손이 근질거려 견딜 수가 없다.

우리가 헤어지기 전에 그녀가 백화점에 맡겼던 메트로시티 커플 시계. 그녀는 나중에 그 시계를 찾았을까, 아니면 잊어버렸을까? 똑똑한 그녀는 분명 잊지 않았을 것이다. 하지만 그녀가 시계를 찾았을 거라는 생각에는…… 글쎄? 아마 메트로시티 손목시계는 아직도 주인을 만나지 못했을 것이다. 그리고 그녀 손목엔 다른 시계가 채워져 있을 것이고.

벌써 10년도 더 지나 그녀에 대한 기억은 점점 희미해지고 있지만, 그녀의 방은 여전히 선명한 풍경으로 남아있다.

심플왕이 되겠어

플래너리 오코너는 "습관처럼 반복되는 행위가 생존의 조건"이라고 말했다.

메이슨 커리가 쓴 『리추얼』에는 4백 년에 걸친 수많은 창조자의 이야기를 다루지만, 내가 기억하는 구절은 오코너 작가의 말이 유일하다. 게으름 속에서 엉망진창으로 살면서 내가 품었던 생각도 오코너의 말과 다를 게 없었기 때문이다.

'아, 이렇게 살다가 죽는 거구나.'

두 번째 직장에서 배운 것을 꼽으라면 단연 심플이다. 나는 심플이야말로 생존의 필수 요소임을 뼈저리게 느꼈다.

*

시간과 영혼은 붙어있다

이따금 복권 당첨자의 비참한 말로를 듣는다. 도박과 무리한 사업 확장, 분별없는 소비와 주식 투자로 결국 재산을 탕진해 빚더미에 올랐다는 후문.

이런 소식을 접할 때마다 '왜 그리 어리석게 돈을 썼을까' 싶은 생각이 든다. 내가 복권에 당첨됐다면 현명하고 지혜롭게 사용했을 텐데. 그런데…… 과연 그럴까?

내 두 번째 직장은 업무가 굉장히 많은 곳이었다. 많아도 너무 많았다. 8시 출근에 11시 퇴근. 주 7일 근무. 설날과 추석을 빼고는 쉬는 날이 없었다. 일이 어찌나 많은지, 퇴근해서도 내일 업무를 준비하기 위해 새벽잠을 줄여야 했다. 식사의 절반은 회의가 됐고, 나머지 절반도 업무 생각에 마음 편히 먹을 수 없었다. 일은 이미 일상의 영역을 침범한 지 오래. 맡은 일이 끝나기도 전에 새 일거리가 밀려왔다.

'오늘 일정을 다 소화할 수 있을까?'

아침에 눈뜰 때마다 드는 생각이었다. 하지만 그것도 잠시, 걱정과 두려움을 느낄 새도 없이 다른 일이 몰아쳤다. 생각하고 자시고 할 틈이 없었다. 한 달 뒤나

일주일 뒤는커녕, 당장 어떻게든 오늘을 버티기 위해 온 신경과 에너지를 집중해야 했으니까. 그런데도 그날의 업무를 다 마쳤던 적은 손에 꼽을 정도였다. 늘 하는 데까지 해보다가 어둑해진 한밤이 돼서야 집에 돌아갈 뿐이었다.

집에 도착해서도 일은 끝나지 않았다. 샤워와 청소는 물론 개인 정비 시간이 필요했다. 손톱을 깎고 다 떨어진 생필품이나 옷가지를 구입해야 했으며, 배가 너무 고팠기 때문에 간단히 요기도 해야 했다. 무엇보다도 내일 일정을 위한 준비가 필요했다. 강의안을 작성하고, 요청받은 일을 처리하고, 미처 끝내지 못한 섭외를 마쳐야 했다.

이렇게 자질구레한 일을 처리하다 보면 어느새 새벽 1시나 2시가 됐다. 내가 원하는 것을 할 수 있는 시간? 그런 건 진작에 포기한 지 오래였다.

늘 잠이 부족한 몸은 독주에 취한 것처럼 비틀거렸다. 어쩌다 미용실에 가는 날이면, 의자에 앉자마자 잠이 쏟아졌다. 앞머리를 자르느라 눈을 감는 몇 초 동안, 머릿속은 흡사 암막 커튼이 쳐진 무대 위처럼 어둠에 휩싸였다. 의식을 놓기 일보 직전이었다. 모깃소리 같은 면도기의 윙윙거림이 없었다면 진작 깊은 잠에 빠져들었을 것이다.

하루에 다섯 시간만 잤으면 하는 생각이 간절했다. 더 바라지도 않았다. 딱 다섯 시간만. 더불어 공부를 할 수 있는 한 시간의 시간까지도. 이 여섯 시간이 내게 주어진다면 얼마나 좋을까? 어찌 보면 참으로 소박한 소원이었다.

그러나 시간은 늘 통제 바깥의 영역에 있었다. 무엇 하나 뜻대로 되는 일 없이 결핍의 상태가 지속됐다. 시간은 늘 나를 비껴갔고, 해야 할 일은 쌓여만 갔다.

날이 갈수록 몸 여기저기서 불협화음이 들렸다. 살면서 한 번도 겪어보지 못한 '내 일부분'이 파괴되는 기분과 함께 내 안의 중요한 무언가가 사라지는 걸 느꼈다. 낯선 조각들로 채워진 것 같은 어색한 하루하루가 계속 이어지고 있었다.

'뭐지? 이게 내 모습이라고? 아닌데, 나는 이렇지 않았는데.'

그 무렵 심장에 이상이 생겼다. 언어로는 도저히 표현할 수 없는 괴상하고 복잡한 고통에 시달렸다. 심장을 꽉 움켜쥐면 이런 느낌일까? 설명하기 힘든 통증이 간헐적으로 찾아왔고, 점점 그 주기가 짧아졌다. 나중에는 급기야 아무것도 할 수 없는 지경에 이르렀다. 한 번 통증이 찾아오면 가만히 앉아 있는 것조차 버거웠다. 나는 세차게 뛰는 심장을 진정시키기 위해 가슴을 움켜쥐고 심호흡을 해야 했다. 극도의 안정이 필요했다.

나는 우울을 넘어 공포감에 몸서리쳤다. 시도 때도 없이 불안감이 엄습했다. 출근길 버스에 오르는 것만으로도 가슴이 쿵쾅거렸다. 난생처음으로 사람이 무서웠다.

여러 사람 앞에서 말을 꺼내기 위해서는 특별한 용기를 내야 했다. 애써 태연한 척 웃는 얼굴로 연기하는 내 모습은 피에로가 따로 없었다. 겉으로는 웃었지만, 속으로는 시퍼런 멍을 감춰야 했다. 진땀이 났다. 속이 메스꺼웠다. 이게 말로만 듣던 공황장애일까?

몸에는 이유 모를 각종 이상 증세가 나타났다. 시야가 흐려지고, 어깨가 결리고, 아랫입술이 부풀어 올랐다. 소화가 안 됐다. 가장 견딜 수 없는 건 정신이 소멸하는 기분이었다. 몸이 피로하고 아픈 건 둘째 치더라도, 정신이 거덜 나는 감각은 도무지 버틸 수가 없었다.

끝내 나는 회사를 관뒀다. 살기 위해 도망쳤다. 다른 방법은 보이지 않았다. 나는 미치기 일보 직전이었고, 뒤틀릴 대로 영혼이 찌그러져 있었다. 회사를 나오는 일이야말로 나를 구할 유일한 길이었다.

회사를 나오며 들었던 생각은, '이제 시간이 충분하니 내가 그토록 하고 싶었던 일을 원 없이 할 수 있겠다'였다. 만들고 싶었던 보드게임, 읽고 싶었던 책, 하고 싶었던 공부, 운동 등 바라고 바랐던 일상과 여유로운 시간.

그런데 웬걸? 정작 시간이 주어지자 게을러지는 내 모습을 발견했다. 마음은 언제나 해야 할 일을 다짐했지만, 오늘의 생각은 내일로, 내일의 생각은 또다시 다음 날로 달아났다.

시간의 저주라도 걸린 걸까? 늦어지는 겨울 일출처럼 기상 시간은 점점 늦어만 갔다. 아무리 기를 써도 일찍 일어날 수 없었다. 피로한 몸으로 매일매일 졸음을 삼키며 일했던 시간이 무색해질 만큼.

직장 생활에 비하면 지금은 얼마나 평온한 하루인가? 얼마나 여유로운 시간인가? 얼마나 갈망했던 시간인가? 그런데 왜? 왜 이렇게 시간을 낭비할까? 그토록 바라고 바랐던 시간인데…….

편안함은 금세 아쉬움으로 변했다. 절실히 원하던 물건도 소유와 동시에 간절함을 잃듯, 주어진 자유는 무언가를 할 수 있는 시간보다는 육체의 기회로 사용되기 일쑤였다. 자유는 박탈될 때만이 고통스럽지, 주어질 때는 하나도 감사할 게 없었다.

불현듯 지인의 이야기가 떠올랐다. 대출금을 껴 간신히 1억을 만든 지인이 있었다. 3천만 원만 더 있었어도 좀 더 나은 집을 구매할 수 있었다며 아쉬워하던 지인에게, 복덕방 아주머니는 차분히 입을 열었더랬다.

“집 보러 온 사람이 하는 얘기야 다 똑같지. 자기가 조금만 더 돈이 있었으면 좋았을 거라 하더만. 1억 가진 사람은 1억 2천짜리 집을 원하고, 1억 2천 가진 사람은 1억 5천짜리 집을 바라고, 3억을 가진 사람은 3억 5천짜리 집을 보며 말이야.”

욕심과 자유는 끝이 없었다. 눈앞에 아른거리는 만족의 진체는 말 머리 앞에 매단 당근과 같아서, 아무리 달리고 달려도 잡히지 않았다.

결핍이 주는 것

사람은 시간을 들여 돈을 번다. 그리고 번 돈으로 다시 시간을 산다. 커피 한 잔을 마신다고 해보자. 돈으로 구입한 것은 단순한 커피 한 잔이겠지만, 넓게 보면 돈과 맞바꾼 것은 커피를 만든 시간이다. 옷이나 휴대폰 등 제품을 사는 일도, 식당에서 밥을 먹고 택시나 지하철을 이용하는 일도 마찬가지다. 내가 낸 돈에는 상품과 서비스를 개발하고 제공하기까지의 시간이 들어가 있다.

카지노의 플라스틱 칩이 돈은 아니지만 돈의 역할

을 하듯, 시간도 돈은 아니지만 돈의 역할을 한다.

그런 의미에서 시간은 돈이 되고, 돈은 시간이 된다. 눈에 보이고 만질 수 있는 돈과 달리 시간은 무형의 가치라는 차이가 있을 뿐.

결국 시간을 이해하기 위해서는 그와 비슷한 돈을 먼저 생각해보는 것이 하나의 방법이라는 것.

앞서 복권 당첨자의 비극적 결말을 말한 것도 그러한 연유에서다. 내가 직장을 관두고 넘쳐나는 시간을 낭비하며 쓰는 모습이나, 돈벼락을 맞은 1등 당첨자가 헤프게 돈을 쓰는 거나 다를 게 뭐가 있을까?

돈이 넘쳐흐르면 안 써도 될 곳에 돈을 쓰게 된다. 펑펑 낭비한다. 하지만 돈이 적다면? 시키지 않아도 아껴 쓰게 된다. 많으면 많은 대로, 적으면 적은 대로.

돈을 아껴 써본 사람은 돈의 가치를 깨닫고, 돈을 지킬 줄 안다. 적은 돈을 지혜롭게 쓰는 사람치고, 큰돈을 허투루 쓰는 사람을 못 봤다.

시간이라고 다를 건 없다. 한껏 주어지면 내 멋대로 쓰게 된다. 직장이나 학교에 다닐 땐 부지런하다가도, 방학을 맞거나 백수가 되면 게으름 병이 돋는다. 당장 내일까지 제출하는 과제가 있어 밤을 새워서 끝내려는 일도, 2주쯤 시간이 주어진다면? 얘기가 달라진다. 데드라인이 사라지는 순간 부지런함의 고삐가 풀려 여유를 부리게 된다.

반대로 시간이 부족한 상황에서는? 자연히 민첩해진다. 한정된 시간 속에서 해야 할 많은 일들이 몰려 닥칠 때, 상황을 바꿔내고 극복하려는 간절함이 불타오른다. 진짜 노력이 나온다.

*

직장을 다니는 내내, 나는 '시간이 없다'는 피해 의식에 사로잡혀 있었다. 해야 할 일을 하지 못하면 '일이 많으니까', '바쁘니까' 하며 늘 이유를 댔다.

하지만 정말 바빴던 것일까? 정말로 시간이 부족했던 걸까?

직장을 관두고 시간이 충분해져도 나는 할 일을 제때 하지 않았다. 전보다 훨씬 많은 시간이 주어졌지만, 또 다른 이유를 대며 시간이 없다고 투덜거렸다. 하지만 냉정히 돌이켜보자면, 바쁘다는 말은 명백한 핑계였다.

나는 그저 게으른 사람이었다. 적당히 쉬엄쉬엄, 충분히 잠자며 편안하게 일하기만을 바라는 한량이었다. 조금만 시간이 나면 휴식이니 스트레스 해소니 같은 자기합리화로 시간을 어물쩍어물쩍 내 욕망에 따라 허투루 낭비할 따름이었다.

회사에 다니던 시절, 내가 좀 더 부지런하고 지혜롭게 시간 관리를 했더라면 어땠을까. 늦은 퇴근 후 야식을 먹지도 않았을 것이고, 쓸데없이 인터넷 기사를 기웃거리지 않았을 것이며, 해야 할 일만을 야무지게 했을 것이다.

바쁘고 시간이 부족한 것도 사실이었지만, 보다 근본적인 문제는 시간을 제대로 활용하지 못하는 나에게 있었다. 내가 보낸 나태의 시간이 부메랑처럼 돌아와 마음이 조급해지고 요란스러워진 것이다. 나는 늘 시간 탓을 했지만, 이는 결국 '저는 게을러서 시간 관리를 못 한답니다'를 애써 돌려 말하는 일이었다. 스스로 게으름뱅이임을 자백하는 말과 다를 게 없었다.

두 번째 직장에서의 삶. 바쁜 스케줄과 태산 같은 업무의 연속은 아이러니하게도 시간을 아껴 쓰는 태도를 깨우칠 수 있는 절호의 기회였다. 다소 극단적이긴 하지만, 감당할 수 없을 만큼 많은 일이 주어지는 상황에서 나는 불필요하게 낭비됐던 시간을 하나씩 지워갔다.

퇴사를 결심하며 한 가지 결심한 게 있다. 아무리 힘들고 어려운 환경에 처하더라도 결코 쓰러지지 않는, 꿋꿋이 버티는 사람이 되자고. 다시는 도망치지 말자고. 어떤 상황이 닥쳐도 이겨낼 수 있는 나만의 필살기를 준비하자고.

그것이 내겐 '심플'이었다.

내 일에만 집중할 수 있도록 청소, 씻기, 쇼핑, 식사, 취침, 인간관계, 취미, 스트레스 해소 등 모든 부수적인 활동을 최소화하기. 낭비가 없는, 최소한의 시간과 돈과 에너지로 살아가는 삶. 그리하여 절약한 내 모든 생명력을 가장 가치 있는 일에 쏟아붓는 것. 궁극의 심플리즘으로 그 어떤 복잡한 일도 해내는 더없이 심플한 사람.

그런 사람이라면 무엇이든 할 수 있으리라. 항상 이겨낼 수 있으리라.

이것이 내게 심플한 삶이 필요한 이유였다.

그리고 나는 누구보다 심플하게 사는, 심플왕이 되기로 마음먹었다.

Stage 2

버리기 스킬 마스터

LOADING...

내 방의
숨은 공간을 찾아서

스물네 살의 가을은 고시텔에서 보냈다. 책상과 침대에 8할의 면적을 빼앗겨버린 그 방은 모든 것이 절제된, 지독히도 답답한 공간이었다. 9월의 햇살엔 여름의 기운이 여전했고, 에어컨 없이 24시간을 보내면서 내 몸은 물풀처럼 흐물흐물 녹아내렸다.

복도 쪽 벽면에는 조그마한 창문 하나가 있었다. 부챗살보다 작은 창문은 존재감이 희미해서 아무런 위안이 되지 않았다. 풍경이 아닌 방 옆을 스쳐 가는 사람의 뒤통수를 보여주는 창문이랄까?

비좁은 공간에서 내가 할 수 있는 일은 잠자거나 책상과 의자 사이에 낀 듯 앉아 컴퓨터를 하는 것뿐이었다. 그 따분하고 적막한 공간에 섞이는 것이라고는 마우스의 딸각거림과 힘겹게 돌아가는 선풍기의 왱왱 소리가 유일했다. 아, 하나 더 있다면 옆방에서 희미하게 들려오는 텔레비전 소리. 깔깔거리는 저급한 웃음소리가 드문드문 방 안의 정적을 갈랐다.

그렇게 한 달쯤 지났을 무렵, 추석을 맞아 할머니 댁에 방문했다. 확 트인 공간이 주는 편안함이란! 지난 몇 주간 지긋지긋했던 갑갑함이 단번에 가시는 기분이었다. 나는 온 피부에 와닿는 공간의 여유를 만끽하며 완연한 자유를 느꼈다. 왜 영화에서 사고 친 죄수에게 좁디좁은 독방을 주는지, 그제야 그 이유를 알 것도 같았고.

명절을 보내고 다시 고시텔로 돌아간 나는, 몇 달을 버티다 결국 그곳을 빠져나왔다. 이후 자취방, 기숙사, 할머니 댁으로 거처를 옮겨 다니다가 현재 머무는 부모님 댁으로 마지막 이사를 왔다.

집을 옮길 때마다 방은 조금씩 넓어졌지만, 방 크기가 만족스러웠던 적은 한 번도 없었다. 늘어난 면적만큼 물건과 가구 또한 많아졌던 까닭이다.

내 방은 언제나 좁았고, 나는 늘 더 넓은 방을 소원했다.

*

나는 늘 나만의 방을 꿈꿨다. 동생 물건도 부모님 물건도 없는, 내 물건으로만 채워진 방. 내가 원하는 물건과 가구로 채워진, 오롯이 나를 위한 방. 혼자만의 이상적인 방을 그릴 때면 한없이 마음이 놓였다.

20대의 크고 작은 문턱을 지나면서 나만의 방을 가진 적도 잠깐 있었지만 어디까지나 '빌린 방'에 불과했다. 스무 살 때 살던 고모네 집, 복학 후 머물던 할아버지 댁, 수십 명이 드나드는 고시원, 룸메이트와 지냈던 기숙사와 자취방. 서른이 되기 전까지 내게 혼자만의 방은 허락되질 않았다.

우연히 이사를 결심한 부모님 덕분에 나는 난생처음 내 방을 선물받았다. 나만의, 나를 위한, 내가 꿈꿔온 진짜 내 방.

나는 그동안 사고 싶었던 물건을 적어둔 메모장을 열었다. 그리고 속이 투명한 서랍과 보드게임을 보관할 책장, 창작욕을 불러일으킬 책상, 카드지갑, 화장품, 어학 서적, 옷가지 등을 구입했다.

사야 할 물건은 어찌나 많은지, '이쯤이면 됐다' 싶어도 또다시 필요한 게 생겼다. 간단한 운동을 위해 요가 매트와 케틀벨을 사야 했고, 숙면을 위한 기능성 베

개를 들여야 했고, 그 밖에 노트북 케이스, 마우스 패드, 향수, 수납함, 핸드크림 등 끝이 없었다.

다행히 나는 정리정돈에 능한 사람이라 방이 난장판이 되진 않았다. 적당히 쓸모없어진 물건은 곧잘 버렸으며 충동적인 쇼핑도 하지 않았다. 주변 사람들과 비교해봐도 물건 수가 적고 깔끔했다.

하지만 본격적으로 심플의 길을 걷고자 다짐했을 때, 나는 인정할 수밖에 없었다. 조금 깔끔하다뿐이지 내 방엔 온갖 불필요한 물건이 가득했다. 나조차도 관심을 두지 않은 상당수의 물건이 그저 쌓여만 있었다.

그렇게 나의 물건 버리기가 시작되었다.

*

먼저 내 키보다 큰 책꽂이 두 개를 버렸다. 자리만 차지하던 선반 두 개도 버렸고, 서랍도 다섯 개는 치워버렸다. 마지막으로 책상을 좀 더 작은 크기로 교체했다.

꼭꼭 채워두었던 물건을 덜어내자, 그간 숨어있던 공간이 역력히 모습을 드러냈다. 그 모양이 어찌나 만족스럽고 속이 시원하던지, 멀리 떠났던 공간이 다시 돌아와 두 팔로 나를 꼬옥 안아주는 기분이었다.

'맞아. 내 방이 원래 이만한 크기였지.'

그동안 물건에게 빼앗겼던 공간을 되찾으며, 나는 소유에서 자유로워지는 게 얼마나 홀가분한 일인지를 새삼 느낄 수 있었다.

여유로운 공간이 주는 안락하고 따뜻한 위안이란! 말할 수 없는 여유가 전신을 감돌았다. 몸은 물론이고 정신마저 해방되는 감각에 가슴 깊이 위안받는 치유감까지도. 마치 무협지의 고수가 경지를 초월해 세맥을 뚫고 탁기를 배출하는 기분이 이와 비슷하지 않을까. 겨우 가구 몇 점 덜어냈을 뿐인데 완전히 다른 공간에 온 것만 같았다.

나는 거실로 치운 가구들을 가만히 응시했다. 그동안 공간들이 가구의 횡포에 짓눌려 고생했겠다는 생각이 들었다. 그때 어디선가 '띠링, 스킬을 획득합니다!'라는 알림음이 들리는 것만 같았다.

스킬

공기의 마음 [B급]

가구에 대한 인식이 깊어지면서 사물과 공간에 대한 이해가 한층 높아집니다. 공간을 침범한 가구의 횡포를 측정할 수 있습니다. 자유를 느끼는 감각이 확장됩니다. 스트레스 내성이 소폭 상승합니다.

가구의 숨은 가격

가구를 들이는 데는 제법 큰돈이 든다. 하지만 돈 말고도 내야 할 비용이 더 있으니, 바로 공간이다. 가구 부피만큼의, 혹은 그 이상의 공간을 값으로 치러야 한다. 나는 이것을 '숨은 가격'이라 부르고 싶다.

집 한 채 가격을 생각해보면, 공간 한 평 값은 얼마나 끔찍한가! 집마다 다르겠지만 최소 몇백만 원에서부터 몇천만 원, 혹은 그 이상의 돈이다. 한 평 크기의 수납장을 구매한다고 생각해보자. 빼앗긴 공간 가격에 비하면 지불한 돈은 푼돈에 가깝다.

어디 그뿐인가. 돈은 언제고 다시 벌 수 있어도 공간은 회복할 수 없다. 구입한 가구를 버리거나 옮기기 전까지, 공간은 되찾을 수 없다.

많은 사람이 이 숨은 가격에 무감각해 보인다. '필요'라는 명목하에 침대, 소파, 식탁, 협탁 등 수많은 가구를 너무나도 쉽게 사들인다. 그리하여 20평짜리 집은 14평으로, 30평짜리 집은 17평으로 전락한다.

조금이라도 더 넓은 집을 사기 위해 적게는 수백만 원에서 많게는 수억을 치르고는, 가구 몇 점을 놓기 위해 또다시 천문학적인 공간 비용을 지불한다. 그러면서 집이 비좁다며 더 넓은 집을 외친다. 우선순위가 한참이나 바뀐 느낌이다.

벽면에 붙은 책상이나 서랍을 들어낼 때, 냉장고나 옷장을 옮길 때, 침대 밑에 들어간 동전이나 다른 물건을 꺼낼 때도 가구에 붙어 다니는 곰팡이와 먼지는 눈살을 찌푸리게 한다. 아무리 깨끗하고 습하지 않은 새 집이라도 세월이 지나면 먼지가 들러붙고 곰팡이가 스멀스멀 피어오르기 마련이다.

이런 지경이니 내게 가구란, 값비싼 공간을 훔치는 잠재적 곰팡이 덩어리로 느껴질 수밖에! 그렇다. 가구가 많을수록 집은 더욱더 비좁아지고 먼지와 곰팡이가 부대낀다.

별생각 없이 들여놓은 가구 하나. 이 가구 하나로 얼마나 큰 손해를 보고 있는 건지, 이전의 나는 왜 알지 못했을까?

"건강한 몸에 건강한 정신이 깃든다"라는 말이 있다.

육체가 건강해야 생각과 마음도 튼튼해진다는 격언이다. 생각이 열매라면, 육체는 땅 깊숙이 뻗어 내린 뿌리와 같다. 몸에 활력이 돋아야 여유도 생기고 밝은 웃음이 나온다. 마치 깨끗한 물컵만이 깨끗한 물을 담을 수 있는 것처럼.

몸과 정신의 관계는 집과 사람의 관계와도 같다. 건강한 집, 즉 쾌적하고 정돈된 집은 머무는 사람까지도 건강하게 만들어준다. 심신에 안정을 주고 마음을 차분하게 가라앉힌다.

반면에 쓰레기가 가득하고 온갖 잡동사니가 뒤섞인 공간이라면? 불쾌함과 혼란스러움에 오염될 수밖에 없다. 게을러지고, 청결에 무감각해지며, 생활 습관 또한 흐트러진다.

몸을 깨끗하게 씻고 나서 기분이 나빠지는 사람은 없다. 땀을 잔뜩 흘린 뒤 씻지 않고 더러운 상태에서 기분이 좋아지는 사람도 없다. 공간도 마찬가지다. 집안이 깨끗하고 물건이 정돈되어 있다고 기분이 나빠지는 사람 역시 없다.

간혹 너무 깨끗한 것보다는 물건이 적당히 어질러져 있는 게 더 좋다는 사람도 있지만, 본인의 귀찮음과 게으름을 합리화하기 위한 변명이라 생각한다. 익숙해져 적응된 것일 뿐, 질서를 갖춘 깨끗한 공간 때문에 우울해지거나 마음이 착잡해지는 사람이 누가 있을까? 잡지나 광고 속 깔끔하게 정돈된 인테리어만 보더라도 '청결한 공간'을 향한 사람들의 열망을 느낄 수 있다.

집은 중요하다. 내 몸이, 더 나아가 내 영혼이 머무는 공간이다. 내가 머문 자리가 깨끗하면 내가 하는 일도, 생각도 건강해진다. 공간이 주는 힘은 절대 가볍지 않다.

*

쌓인 눈을 쓸어내야 길이 열리듯, 짐도 치워야 앞길이 열린다. 숨이 트인다. 인식하기 전에는, 얼마나 불편했는지를 모른다.

하지만 치워낸다면?

한 번이라도 단순함을 맛본다면?

다시는 이전의 복잡했던 삶으로 돌아갈 수 없다.

공간은 단순히 공간만의 문제가 아니다. 가구로 가득 찬 집에서 머무는 건, 미처 사용했어야 할 공간을 누리는 '내' 자유까지 앗아가는 일이나 마찬가지이다. 투명한 족쇄를 찬 것과 다를 게 없다. 현재는 물론, 자유롭게 거닐어야 할 '미래의 나'마저 지속적으로 제한된 움직임으로 통제당하게 된다.

따라서 늘 경계하는 자세가 필요하다. 가구의 숨은 가격은 문자 그대로 숨어있는 관념이다. 눈에 보이지 않기 때문에 간과하기 쉽다. 가구에 점령당한 채 살지 않기 위해서는 공간의 소중함과 가치를 더욱 소중히 여겨야 한다.

정리는 거들뿐

스스로를 예술가라 부르는 건 다소 민망할지도 모르지만, 나는 줄곧 내 자신을 아티스트라고 여겼다. 그러면서 진정한 아티스트라면 작업을 위한 아틀리에 하나쯤은 있어야 한다고 생각했다.

모던한 책상과 빈티지한 메모지, 운치 있는 오브제, 감성적인 필기구, 클래식한 청동 재질 전등, 그리고 노트북 하나. 이 정도면 노래 가사든, 시 한 구절이든 번쩍이는 영감을 뽑아낼 수 있지 않을까?

서른의 여름. 별안간 책상에 매료된 것은 정해진 운명이었는지도 모른다. 마침 IT 쪽 일을 하며 맥북도 한

대 장만했을 때였다. 맥북을 제대로 사용해 볼 요량으로 인터넷 커뮤니티에 가입한 나는, 데스크 사진 게시판에 빠져들었다. 각자의 라이프 스타일이 담긴 독창적인 책상 세팅이 어찌나 흥미롭던지 한동안 나는 애플 컴퓨터가 놓인 책상 사진에서 헤어나올 수 없었다. 그리고 책상을 뛰어넘어 책상 위 소품과 문구류에까지 관심이 이어졌다.

'가장 이상적인 책상 풍경은 어떤 모습일까?'

'군더더기 없는 완벽한 작업 환경이란?'

생각이 깊어지면서 책상 위 모습이 시시각각 변해갔다. 마음에 꼭 들어차는 책상의 종결에 이르기까지 오랜 시간 동안.

*

방황하는 책상

구글 이미지에서 쳐볼 만한 키워드는 다 검색해 봤다. 애플 컴퓨터 책상, 심플 책상, 디자인 책상, 작가의 책상, 독서대 책상, 아틀리에, 크리에이티브한 책상 등등. 아울러 책상 위를 장식하는 감각적이고 세련된 물건들. 만년필과 펜 트레이, 미니 화분, 가죽 지갑, 편지꽂이, 다용도 틴케이스, 장식용 인형 등 수천 장의 사진을 보며 영감을 받았다.

서서 일하는 게 척추 건강과 집중력을 높여준다는 말에 1년간은 스탠딩 데스크를 사용해 보았다. 그리고 예전부터 로망이었던 화이트보드를 책상 앞에 두어 꿈과 목표를 기록하기도 했다. 화이트보드가 질릴 때쯤엔 코르크 재질 비전 보드 또한 설치해봤다.

나는 시도 때도 없이 줄자로 책상 이곳저곳을 재며, 창조적이면서도 아름다운 작업 환경을 구축해갔다. 모니터 받침대 높이는 몇 cm로 할지, 노트북 스탠드는 어떤 형태가 적절한지, 적합한 책꽂이의 모양과 위치 등 생활 방식과 동선을 고려하여 최적의 디자인을 고심했다. 종이에 직접 그림을 그려 가면서까지.

책상 위는 끊임없이 파괴되고 해체되는 공사 현장을 방불케 했다. 수많은 물건이 책상에 착륙하고 이륙하기를 반복했다. 그것은 흡사 변화무쌍한 사춘기 소녀의 화장대만큼이나 역동적이었으며, 변덕스러웠다.

그러는 동안 점점 내 취향의 물건들로 채워졌다. 내가 원하는 스타일의 연필꽂이와 고르고 고른 필기구, 데스크 패드, 동전 보관 통 등 실용적이면서도 심미적인 물건들. 어느 정도 구색을 갖추자 나름대로 예술적 감성이 묻어났다. 흡족한 웃음이 나왔다.

하지만 정작 중요한 사실 하나를 놓치고 있었다.

심플하게 살겠다는 결심을 하고서도 좀처럼 포기하기 힘들었던 건 필기구였다. 워낙 생각을 끄적이는 걸 좋아하다 보니, 나만의 필기구 한 자루쯤은 마련해야겠다는 생각이 들었다. 영화 속 예술가들이 사용할 법한, 고풍스러우면서도 품격 있는 물건으로. 다양한 필기구 중에서 내가 선택한 것은 샤프였다. 초중고 12년 내내 샤프펜슬만 고집했을 정도로 샤프를 좋아했던 나였다.

'좋아. 어디 기깔나게 멋진 샤프 한 자루 구해보자!'

그렇게 나는, 필기구의 세계에 빠져들었다.

1. 샤프펜슬

0.5mm만 있는 줄 알았던 샤프가 0.4mm와 0.3mm, 심지어는 0.2mm의 가는 심경도 있다는 사실을 알게 됐을 때는 깜짝 놀랐다. 반대로 0.7mm, 0.9mm, 1.3mm 등 굵은 심을 사용하는 샤프도 있었다.

나는 굵기 별로 마음에 드는 샤프를 하나둘 구입했다. 몇 자루만 구매하려고 했는데, 정신을 차리고 나니 책상 위에는 금세 10자루 넘는 샤프가 놓여 있었다. 그런데도 나는 더 괜찮은 샤프를 찾기 위해 인터넷을 뒤적였다. 나만을 위한 단 한 자루의 샤프를 사려던 마음은 온데간데없이 사라진 뒤였다.

시간만 나면 샤프 리뷰를 읽었다. 한 달이면 충분할

것 같던 샤프 여정은 3개월, 6개월이 가도 끝날 줄을 몰랐다. <pg5>, <그래프1000>, <로트링600>, <쿠루토가>, <s20>, <알블랙>, <크라프트디자인> 등 어지간한 샤프가 거쳐 간 내 손은 이미 비평가라고 불려도 될 정도로 민감해진 지 오래였다. 미슐랭 레스토랑을 찾는 고상한 미식가처럼, 샤프를 갈망하는 취향과 기준은 날로 까다로워졌다. 어느 시점부터는 웬만한 샤프는 눈에 들어오지도 않을 정도였다.

1년이 넘도록 수십 개의 샤프를 사용했지만, 마음에 쏙 드는 물건은 찾지 못했다. 디자인이 마음에 들면 심 배출량이 문제였고, 배출량이 적당하면 그립 두께가 말썽이었다.

급기야 직접 샤프 공방을 방문해 원하는 디자인으로 주문 제작을 맡겼지만, 이마저도 성에 차지 않았다. 그나마 아슬아슬하게 합격점을 줄 수 있는 제품으로는 펜텔의 <오렌즈네로> 정도일까?

세상 어디에도 내가 원하는 샤프가 없을 것 같다는 생각이 든 나는 다른 필기구로 눈길을 돌렸다.

2. 연필

흑연심이 박힌 연필은 참 매력적이다. 연필 마니아라면 꼭 써봐야 한다는 <카스텔9000>과 스테들러의 <

마스 루모그래프>. 이 둘을 필두로 톰보우, 로디아, 팔로미노 등 다양한 브랜드 제품을 사들였다. 그러면서 한 자루에 만 원 가까이 하는 그라폰 파버카스텔의 <데스크 펜슬>까지 구입하고 말았다.

수많은 연필 중에서도 내 마음을 사로잡았던 건 카렌다쉬의 <스위스 우드>였다. 일반적인 연필보다 몸체가 굵어 그립감이 좋았고, 심은 매우 단단하여 마모가 적었으며, 디자인은 완벽에 가까웠다. 가장 독특한 점은 연필에서 나는 나무 향이었는데, 너도밤나무를 깎아 만든 이 연필엔 커피 비스름한 향이 은은히 배어있었다.

게다가 종이에 닿는 순간의 감각이란! 사각거리는 특유의 필기감이 눈 덮인 산맥을 가로지르는 스키 날을 연상시켰다. 매끄럽지만 과하지 않은, 허용하는 최대의 자유를 풀어놓은 것 같은 그 날렵한 궤적. 기분 좋은 마찰감은 부드러우면서도 날카로웠다.

나는 <스위스 우드> 네 자루를 연필꽂이에 꽂고 또 다른 필기구로 관심을 돌렸다. 연필의 정점을 찍었으니 다음은 홀더 펜슬이었다.

3. 홀더 샤프펜슬

홀더 샤프펜슬은 2.0mm 이상의 흑연심을 사용한다. 일반적인 샤프와 비슷하지만 흔히 사용하는 0.5mm 샤프심이 아니라는 점에서 차이가 있다. 2.0mm가 대중적이지만 3.0mm에서 3.15mm, 5.6mm 등 더 굵은 심경도 있다. 아무래도 굵기가 있는 건 필기보다는 미술 용도로 쓰이는 편이지만.

그림 그릴 일이 없는 나는 2.0mm 펜슬이면 충분했다. 필기용으로 무난한 2.0 홀더 샤프를 몇 자루 구입했는데, Penco사의 <프라임 팀버>와 Metaphys의 <로커스> 제품이 만족스러웠다. 둘 다 화이트 컬러였고 말로 표현할 수 없을 만큼 아름다웠다. <프라임 팀버>가 나무로 만들어 연필과 흡사한 느낌이었다면, <로커스>는 필기구로선 상상하기 힘든 첨단의 예술품이었다.

4. 만년필

나는 거의 모든 필기구에 관심을 가졌지만, 1년이 넘도록 만년필에는 눈길도 주지 않았다. 비싼 가격도 한몫했지만, 만년필은 도무지 예뻐 보이지 않았으니까.

하지만 만년필 역시 내 삶에 흘러들어오고야 말았다. 만년필은 두껍기만 하고 투박하다는 생각이, 워터맨의 <뉴헤미스피어>를 보며 산산이 조각났기 때문이다. 얇게 빠진 몸체와 세련된 클립을 보며 나는 처음으로 만년필도 아름다울 수 있다는 사실을 깨달았다.

사실, 만년필이야말로 진짜배기 필기구다. 나만의 펜이란 느낌을 주는 필기구로선 만년필만 한 게 없다. 쓰면 쓸수록 부드러워지는 필기감, 길드는 펜촉, 고급스러운 멋과 디자인, 아날로그 감성 등은 사용자의 취향과 개성을 여실히 드러낸다.

무엇보다도 만년필만의 오묘한 매력은 수백 종의 다양한 잉크에 있다. 볼펜과는 비교가 안 되는 풍부하고 다채로운 색 표현은 그 어떤 필기구도 넘볼 수 없는 만년필만의 고유한 영역이다.

나는 <입실론>, <엘리트 95s>, <커스텀 742> 등 여러 만년필을 사용하는 동시에 볼펜, 멀티펜, 라이너 펜 등 또다른 필기구를 계속 알아보았다. 최고의 필기구를 찾기 위해 3년의 시간이 지나는 동안, 수없이 많은 필기도구가 내 오른손을 거쳐갔다.

그러나 나는 곧 내가 가진 필기구 대부분을 처분했다.

내가 찾은 최적의 필기구

수많은 필기구를 접했지만 최종적으로 내게 남은 것은 볼펜 한 자루뿐이었다.

사실 난 볼펜을 싫어한다. 다른 필기구와 달리 개성이 없으니까. 연필과 홀더펜슬은 감성적이고, 만년필은 중후한 멋이 있다. 샤프는 나름대로 연필의 맛을 살리는 선에서 단점을 보완했다. 그런데 볼펜은 이렇다 할 특징이 없다. 흔하고 흔한 게 볼펜이다. 어딜 가도 널려 있고 누구나 들고 있다. 딱히 나쁠 건 없지만, 의미를 부여하고픈 나만의 시그니처 필기구로 낙점하기엔 못내 아쉬움이 남는다.

드문드문 미츠비시 유니의 <제트스트림>과 제브라의 <시그노>를 즐겨 쓰다가도 샤프로 돌아갔던 이유는, 볼품없는 디자인과 평범하기 그지없는 사용 경험이 작용한 결과였다. 볼펜은 귀와 손을 즐겁게 하는 흑연심 필기구만의 사각거림이 없다. 만년필이 가진 존재감도 없다. 그냥 볼펜일 뿐이다.

하지만 볼펜은 그 어떤 필기구보다 심플하다. 더할 나위 없이 간결하다.

내가 최종적으로 고른 단 하나의 필기구는 파이롯트의 <프릭션> 제품. 그중에서도 <프릭션 볼 노크 비즈 2>를 사용한다. 세필(0.38mm)이 가능하면서도 두께가 적당하니 만족스러운 그립감이다. 너무 미끄럽지도 거칠지도 않은 적당한 필기감도 취향이다. 무엇보다도 최고의 강점은 지워진다는 점이다. 열에 약한 특수 잉크를 사용하기에 펜 끝에 달린 전용 지우개를 이용해 지울 수 있다. 지우개는 반영구적이면서 흔적을 거의 남기지 않고, 지우개 가루 같은 부산물도 나오지 않는다.

물론 무게가 다소 나간다는 것과 펜촉이 흔들리는 유격 현상 등 몇몇 단점이 있긴 하다. 클립 길이가 필기 시 걸리적거리는 점과 투박한 디자인도 아쉽다. 그래도 거슬릴 정도는 아니다. 그리고 여태껏 수많은 필기구를 사용해 오며 절실히 깨닫질 않았던가. 완벽한 필기구는 존재하지 않는다는 것을.

어차피 펜을 쥘 수 있는 손은 하나인데, 왜 이렇게까지 많은 펜을 갖고자 했을까? 한 자루면 족한 것이었는데. 적을 수 있는 손이 하나니, 펜도 한 자루면 되는 거였는데…… 왜 이제야 깨달은 걸까.

필기구를 정했으니, 다시 책상으로 돌아가 보자.

수납의 함정

내 책상은 지저분함과는 거리가 멀었다. 책상에는 될 수 있으면 물건을 올려두지 말자는 주의였고, 간혹 물건이 쌓여도 곧잘 치우곤 했다. 하지만 아무리 깔끔하게 정리해둔들 근본적인 문제가 있었다.

바로 불필요한 물건이 너무 많다는 것. 내 책상에는 각종 파일철과 종이 문서, 세 개의 책꽂이, 백 권 남짓한 책, A4 용지 거치대, 탈취제, 독서대, 화이트보드, 향초와 라이터, 연필꽂이, 휴대폰 거치대 등 많은 물건이 놓여 있었다. 나름대로 꼭 필요한 물건만 추렸음에도 요란하고 복잡하다는 인상을 지울 순 없었다.

책상 위 물건은 생각 이상으로 쓸모가 없었다. 보기에만 그럴듯해 보일 뿐 하나도 심플하지 않았다. 대부분이 몇 달에 한 번 사용하지도 않는 물건이었다.

나는 또다시 비워내야 했다. 책상 위 물건은 물론이거니와 30년간 나를 지배하던 낡은 생각까지도. 필요한 물건은 쓰임이 애매한 물건이 되었고, 애매했던 물건은 당장 치우고 싶은 물건이 되어있었다. 물건을 정리할 때마다 효용 가치가 한두 단계씩 떨어졌다.

그리고 시간이 흐를수록 깨닫게 되었다.

정리의 본질은 '버리기'라는 것.

물건 자체가 없으면 정리정돈과 배치에 들어갈 시간, 공간, 에너지마저 필요 없다는 것을.

무언가를 버릴 때는 그 물건뿐만 아니라 그것을 보관하던 수납함까지 비울 수 있게 됐다. 필기구 수를 대폭 줄이니 굳이 연필꽂이를 둘 필요가 없었다. 칼과 가위, 자, USB, 테이프 등 작은 물건은 그냥 책상 서랍에 넣는 게 더욱 편리했다. 책을 치우니 책꽂이도 둘 필요가 없었고, 종이 문서는 디지털 메모로 옮겨서 각종 클리어 파일까지 정리할 수 있었다.

책상뿐만이 아니었다. 방 안에 불필요한 물건을 버리니 텅 빈 '수납의 실체'가 드러났다. 각종 잡동사니를 담았던 종이 상자, 수납함, 플라스틱 바구니와 천 주머니, 파일함, 서랍 등등. 그 안의 내용물이 사라지니 수납함과 벌거벗은 가구가 민망하다는 듯 고개를 숙이고 있었다.

그 모습을 보자 허탈감이 밀려왔다. 그동안 골몰했던 결과가 이거라니. 이렇게나 불필요한 녀석들을 사기 위해 그토록 열심히 가구 배치를 고민했단 말인가.

물건 정리의 시작은 버리기부터였다.

이노우에 다케히코의 『슬램덩크』에서는 주인공 강백호가 슛에 성공하기 전, 이렇게 말한다.

"왼손은 거들 뿐……."

슛의 본질은 왼손이 아닌 오른손에 있음을 내포하는 말이다. 왼손은 공 곁을 스쳐 지나갈 뿐, 각도 및 방향 조절과 던지는 힘은 전부 오른손에 달려 있다는 것.

물건 정리도 다를 게 없었다. 왼손이 정리라면, 오른손은 버리기. 잔뜩 쌓아둔 물건을 열심히 정리정돈해봤자 임시방편일 뿐이었다.

궁극의 수납법은 넣어두거나 분류하는 게 아니었다. 보기 좋게 배치하는 것도 아니었다. 그저 버리는 것이었다. 불필요한 물건의 참다운 위치는 서랍도, 깔끔한 수납함도, 책꽂이 틈도 아닌 쓰레기통이었다. 버리기로 시작해서 버리기로 끝나는 것. 그것이 진짜 청소였다.

그리고 그 과정에서 정리는 단지 거들 뿐이었다.

스킬
정리는 거들 뿐 [A급]

정리의 본질은 '버리기'임을 깨닫습니다. 물건 자체가 없으니 정리정돈과 배치에 들어갈 공간, 시간, 에너지를 낭비하지 않습니다. 수납의 함정을 깨달은 당신. 청소 시간이 비약적으로 단축됩니다.

*

책상 위 분위기를 내는 펜 트레이, 가죽 안경집, 잉크병, 미니 액자…….

전에는 이런 물건을 보며 멋지다고 생각했다. 모던하면서도 아티스트적 감성이 묻어나오는 책상을 보며 고급스럽고 도회적인 느낌에 탄성을 질렀다. 하지만 이제는 숨이 막힐 듯 답답함을 느낀다.

특히나 책상에 둔 예쁘고 자그마한 수납함. 그 안에 클립이며 집게며 풀, 메모지 등 이런저런 문구류를 넣어 두는 데스크 오거나이저, 혹은 그와 같은 물건들. 언뜻 보면 깔끔하다고 생각할 수 있으나, 지금의 내 눈엔 쓸데없이 깔끔한 척 착각하게 만드는 눈속임으로밖에 보이지 않는다.

정말 수납함 속 물건이 다 필요할까?

곰곰이 생각해보면 담긴 내용물의 절반 이상은 없어도 된다. 계절이 지나도 사용하지 않는 물건이 태반이다. 그렇다면 굳이 수납함을 놓을 이유가 없다. 괜히 수납함을 두면 정리라는 그럴듯한 명목으로 이 물건 저 물건을 보관하게 되니까.

이 글을 쓰는 지금도 내 책상에는 노트북과 키보드 및 마우스, 작은 서랍이 달린 노트북 받침대, 휴대폰 무선 충전기, 스탠드, 파일함 하나가 전부다. 이 외에 다른 물건은 없다. 책은 대부분 처분했다. 작은 파일 박스에는 한두 권의 책과 몇 개의 L홀더 및 종이 서류, 이면지 정도가 조금 있을 뿐이다. 그간 필수품이라 여겼던 마우스 패드는 진작에 치웠고, 애용하던 독서대는 모니터 받침대로 대체했다. 향초나 장식품 등 기타 물건은 모두 버렸다.

물건을 걷어낸 책상은 어찌나 아름다운지.

오른손을 들어 손에 집히는 물건의 쓰임을 다시 한 번 고민해보는 게 어떨까? 불필요한 물건을 발견하기만 한다면, 오른손으로 버리고 왼손으로 정리하면 된다. 책상은 언제나 더 넓어질 준비가 되어있다.

좋은 물건을
사지 않는다

집에는 이미 먼지 쌓인 가방이 몇 개나 있지만, 가격이 저렴하고 예쁘단 이유로 사람들은 지갑을 열어 가방을 산다. 괜찮은 가방의 발견. 새로운 가방이 방에 궁둥이를 붙이는 순간이다.

가방에 입이 달렸다면 이렇게 말할지도 모르겠다.

“쭈글쭈글 선배님들, 여기 파릇파릇한 신입이 왔지요. 에헴—”

방에는 제법 많은 가방이 있다. 가격이 저렴한 가방, 품질이 좋은 가방, 디자인이 멋진 가방, 기능이 많은 가방. 하나같이 훌륭하고 괜찮은 가방이다.

그런데 이 ‘괜찮은’ 가방이 문제다. 이런 가방으로는

또 다른 신입의 건방진 인사를 들을지 모른다. 요컨대, 괜찮은 가방을 사지 말라는 소리다.

"뭐? 가격이 저렴하며 품질이 좋고 디자인도 멋진 가방을 사면 안 된다고? 이건 정말로 괜찮은 가방이라고!"

이렇게 되묻겠지만 답은 확고하다.

"응, 안 돼. 괜찮은 가방을 사는 건 정말로 '괜찮지' 않은 일이야."

이유는 간단하다. 그저 괜찮기만 한 가방을 샀으니까.

*

괜찮은 물건, 좋은 물건이라고 내게 필요한 물건일까? 물건이 좋아 보이니 사야 할까? 대답은 'No'. 순서가 바뀌었다. 필요한 물건을 정한 뒤에 괜찮은 제품을 골라야지, 괜찮은 걸 덥석 고르고는 필요했던 물건이라 외쳐서는 곤란하다.

아무리 기가 막히게 좋은 물건인들 무슨 의미가 있을까. 내게 필요한 물건이 아닌데.

가방을 살 일이 생기면 나는 먼저 구체적인 쓰임새를 생각해본다. 학업용인지, 여행 가방인지, 출퇴근용 업무 가방인지 분명한 목적을 정한다.

그다음은 디자인과 크기다. 어떤 물건을 넣을 것인지, 외부 포켓은 필요한지 아닌지, 포켓 안에는 무엇을 넣을 것인지, 포켓의 잠금 형태는 똑딱단추인지 지퍼형인지 자석식인지, 총 포켓 개수와 위치는 적절한지, 가방의 전체 모양과 크기가 사용 목적에 맞는지, 색깔과 무게는 어떠한지 등 머릿속으로 세밀한 그림을 그려본다.

이 정도로 구체화할 수 있다면 그 가방은 필요한 게 맞다. 하지만 그려지지 않는다면? 그저 가방을 사고 싶은 마음에 그럴듯한 이유를 찾는 건지도 모른다.

막연하게 '적당한 가방 하나쯤 있으면 좋을 텐데……'라는 마음으로 구입한 가방은 뒤늦게 후회를 주기 마련이다. 살 때는 예쁘고 좋았지만 막상 써보면 썩 만족스럽지 못하다. 가방은 넘칠 만큼 많지만 마음에 쏙 드는 가방은 없다. 그 결과, 재구매의 악순환이 반복된다. 조금만 더 괜찮은 가방을 발견하면 또다시 새 가방을 사들이는 것이다.

나는 백팩을 참 좋아한다. 다소 집착에 가까울 정도로 백팩만을 고집하는 편이다. 전에는 크로스백이며 서류 가방이며 다양한 가방을 멨지만, 활동성과 수납력

면에서 백팩만 한 게 없다.

핸드백이나 파우치, 서류 가방 등 한 손으로 들고 다니는 가방은 늘 손 하나를 포기해야 하는 치명적 단점이 있다. 우산을 쓰거나, 버스 안 손잡이를 잡거나, 지갑을 꺼내거나, 짐을 들거나 하는 수많은 상황에서 다른 한 손으로 가방을 드는 일은 여러모로 불편하고 성가시다. 특히나 비 오는 날의 서류 가방은 가슴 높이까지 올려 들어야 할 애물단지로, 추운 겨울날엔 양손을 번갈아 가며 드는 짐짝으로 변한다.

반면에 백팩은 어찌나 편리한지. 손으로 들고 다니는 가방보다 더 많은 짐을 담는 것도 좋지만, 뭐니 뭐니 해도 자유로운 양손의 활용이 만족스럽다. 이 단 하나의 이유만으로도 백팩을 사용하기에 충분할 정도. 전쟁터에서도, 등산로에서도, 학교에서도, 여행지에서도 백팩의 편의성은 이미 증명된 지 오래다.

이러한 연유로 백팩을 고를 때 나는, 세밀하다 못해 까탈스러울 정도의 디자이너가 된다. 디자이너가 된다는 것은 내가 원하는 디자인을 한발 앞서 상상해본다는 것. 시중에 나온 물건을 살펴보기 전에 필요한 디자인을 직접 그려보는 것을 의미한다.

디자인을 미리 그린다

별다른 고민 없이 물건을 구매하는 사람들의 공통점은 사고자 하는 물건의 디자인을 미리 그려보지 않는다는 것이다. 이들은 시중에 나와 있는 물건 중에서 적당한 하나를 택한다. 무던하다 싶은 걸 고르지 깊게 연구하지 않는다. 그 결과, 대다수의 구매는 그리 마음에 차지 않는다. 상상력이 결핍된 안타까운 구매다.

반면에 본인만의 확고하고 구체적인 디자인을 미리 설정하는 사람이 있다. 그들은 필요한 물건의 기능과 특징, 재질, 크기, 무게, 보관법, 색상 등 뚜렷한 이상향을 갖고 있다.

다음은 내가 일상용 데일리 백팩을 구매하기에 앞서 고려했던 내용이다. (물론 아래의 내용은 개인의 기준이니, 각자마다 기준은 다를 수 있겠다)

check list

1. 무게: 0.7 ~ 1킬로그램 ☐

2. 크기: 가로(29) x 세로(43) x 폭(13) 센티미터 정도 ☐

3. 디자인 ☐

- 컬러: 블랙 혹은 블랙에 준하는 단일 컬러(알록달록하지 않은 것)

- 형태: 끈이 덜렁거리거나 튀는 구석이 없는 것, 정장과 캐쥬얼에 모두 어울리는 것

4. 포켓의 개수와 크기 ☐

- 맥북, 립밤, 우산, 에어팟, 포켓 파일 등 10개 미만의 필수품만 들어갈 정도

5. 우산용 포켓 2개(내부, 외부) ☐

-내부 포켓: 비가 오지 않을 때 우산을 보관하는 포켓

-외부 포켓: 비가 와서 젖은 우산을 보관하는 방수 포켓

6. 재질: 방수 혹은 생활 방수 ☐

7. 지퍼 손잡이: 녹이 슬지 않는 플라스틱이나 천 재질로 된 것 ☐

8. 가방을 열었을 때 노트북과 다른 물건을 함께 꺼낼 수 있는 형태의 디자인(물건 따로, 노트북 따로 꺼내게 되면 가방을 열 때마다 복잡하고 불편함) ☐

9. 노트북 고정끈이나 지퍼의 유무 ☐

만약 별다른 기준 없이 백팩을 샀다면? 아마도 나는 적당한 제품을 구매했을 것이다. 그리고 얼마 지나지

않아 미처 몰랐던 단점을 발견했을 것이다.

적당히 고른 물건은 적당한 물건에 그치는 법이니까.

이는 백팩에 한정된 이야기만은 아니다.

수동적인 쇼핑과 디자인을 상상하는 능동적인 쇼핑. 이 둘의 분명한 차이는 실패할 때 드러난다.

옷을 구매했다고 해보자. 길을 걷다가 우연히 마음에 든 옷을 산 경우와 예전부터 생각해뒀던 것으로 따져보고 구매한 경우. 둘 다 실패로 돌아간다면? 전자는 '에이, 이 옷은 실패네' 하는 생각에 그치겠지만, 후자의 경우는 명확한 피드백을 얻을 수 있다.

'아하, 내 체형엔 폴라 티보다는 무난한 스웨터가 낫구나. 색깔도 무채색보다는 채도가 높고 밝은 옷이 더 어울리겠어' 하며 말이다.

충동적인 소비가 무조건 나쁘다는 건 아니다. 때로는 충동적으로 구매한 물건이 내게 완벽한 선물이 되기도 한다. 다만 내가 평소에 완벽히 파악하고 고민했던 옷이라면 선택의 질이 훨씬 높아진다는 것이다. 성공적인 구매로 이어지기는 더더욱 쉬울 것이고.

그러나 만약 내가 살 물건의 디자인이 구체적으로 떠오르지 않는다면? 이런저런 기능이 있으면 좋겠다는 생각조차 그려지지 않는 물건이라면? 그건 아마도 절실

하지 않다는 증거가 아닐까? 내게 정말 필요한 물건이라면, 이미 기준을 가지고 있을 테니까.

*

쇼핑할 때 우리의 마음은 꼭 영화 예고편을 볼 때와 같아진다. 짜깁기한 몇몇 장면만 보고 재밌는 영화일 것이라고 단정 짓는 것처럼, 물건의 특정 부분(디자인, 광고 등)만 보는 것은 그것이 꼭 필요하다는 착각을 불러일으킨다.

하지만 예고편은 예고편일 뿐이다. 막상 영화를 보고 나서 속았다는 생각이 드는 영화가 대부분인 것처럼, 물건의 단면만 보고 덜컥 구매했다가 실망하는 일이 얼마나 많은지.

쇼핑하기 참 힘든 세상이다. 세상에 수많은 거짓말과 가짜 진리, 유혹하는 말이 있는 것처럼 물건도 그러하다. 각종 광고성 글과 사진에 넘어가지 않아야 하고, 그럴싸한 물건으로 둔갑한 가짜를 피해 진짜를 분별해야 한다.

정말이지 쉽지가 않다. 형편없는 물건을 사면 후회되고, 속상하고, 우울해진다. 형편없는 물건도 물건이지만, 그 물건을 산 사람이 바로 나니까. 나로부터 시작됐으니까.

물건을 사는 것은 단순한 일이 아니다. 그것은 학문에 가까울 정도로 나를 탐구하고 연구하는 여정이다. 진정으로 필요한 물건을 선별하기 위한 과정은 길고 지루하게 느껴질 수 있지만, 그 고민만큼 삶은 더없이 심플하고 단순해진다. 아울러 물건을 바라보는 관점과 깊은 통찰은 삶을 관통하는 지혜가 된다. 이는 결국 일, 학습, 여가, 식사, 건강, 여행 등 생활의 모든 영역으로 확장된다.

스타일의 탄생은 버리기에서

적으면 적었지 한 번도 옷이 많다고 생각해 본 적은 없다. 딱히 옷 욕심이 있는 것도 아니었고 패션에 민감하지도 않았다. 가끔 티셔츠나 면바지를 조금 샀을 뿐이지, 계절마다 옷을 사거나 충동 구매하는 그런 일은 좀처럼 없었다.

나는 가진 옷의 대부분을 입지 않았다. 늘 입는 옷만 입었고 그 외의 옷들은 그저 갖고만 있었다.

연보랏빛 셔츠는 예쁘고 비싸니 중요한 주말 약속에만, 회색 정장 바지는 땀 흘리면 안되니 선선한 날에만, 민트색 카디건은 흰색과 어울리니 하얀 티셔츠를 입을 때만 등등. 나는 정작 멋지고 근사한 옷을 보관만

하고 있었다. 아끼는 옷이기 때문에 아무 때나 입을 수 없다는 이유로.

하지만 옷장에 아무리 좋은 옷이 있어도 입지 않으면 무슨 의미가 있을까? 결혼식이나 모임, 행사 등 특별한 날에만 멋지게 차려입은들 오늘 입는 옷이 후줄근하다면?

*

안 입는 옷을 꺼냈다. 최근 1, 2년간 입지 않은 옷, 크기가 안 맞는 옷, 비싸지만 마음에 안 드는 옷, 색깔이 튀는 옷 등을. 매번 '나중에 입어야지' 하는 옷들이었다. 여태껏 입은 적 없었고, 앞으로도 계속 입지 않을 것은 뻔한 일인데, 그럴 바엔 차라리 없는 게 나았다.

한동안 나는 버릴 옷을 줄기차게 솎아내는 데 집중했다. 유독 손이 안 가는 옷, 철 모르고 샀던 옷, 감촉이 안 좋은 옷 등 입지 않는 옷을 모두 끄집어냈다. 봄, 여름, 가을, 겨울. 계절이 바뀔 때마다 묵혀둔 옷이 무더기로 튀어나왔다.

3할도 넘는 옷을 비워냈다. 훌쩍 줄어든 옷을 보니 허전한 마음이 일었다. 그래도 후회는 없었다. 어차피 언젠가는 버릴 옷이었다. 나는 홀가분한 마음으로 남은 옷을 잘 정리해두었다. 그리고 그렇게 옷 정리가 끝나는 줄 알았다.

그런데 웬걸? 버리기는 이제 겨우 시작이었다.

안 입는 옷은 또다시 나타났다. 그렇게 버리고 버렸건만, 입는 옷과 안 입는 옷으로 다시 나뉜다는 게 신기할 노릇이었다. 한 달이 넘도록 옷걸이에 걸려 있는 옷, 입기 불편한 옷, 꺼리는 옷.

안 입는 옷은 계속 생겼다. 버리기의 끝판왕을 마주한 느낌이랄까. 버리고 버려도 난해한 것이 옷 버리기였다.

나는 계속해서 옷을 버렸다. 입는 옷이 점점 단순해지고, 비슷한 패턴이 반복된다는 것을 느꼈을 때 비로소 깨달았다.

스타일은 옷을 살 때가 아니라, 버릴 때 탄생한다는 걸. 내가 진짜 좋아하고 즐겨 입는 옷이 어떤 것인지, 추구하는 패션이 무엇인지. 살 때도 몰랐던 내 취향을, 버리는 과정에서 발견할 수 있었다.

버리는 것은 어디까지나 수단일 뿐, 끊임없이 나만의 스타일을 고민하고 되묻는 과정이었다. 아무리 버리고 버려도 끝까지 남아있는 옷. 그것이 진짜 내 옷이었다. 그랬다. 그동안 찾고 찾던 스타일은 이미 내 옷에 있었던 것이다. 나중에 입을 옷이 아닌, 어제도 입고 오늘도 입었던…… 도저히 버릴 수 없는 옷에.

나는 계속해서 옷을 줄여나갔다. 특별히 아끼는 옷이 없어질 때까지. 모든 옷이 소중해질 때까지. 나만의 스타일을 갖출 때까지.

색깔을 입는다

옷에는 재질, 형태, 두께 등 다양한 요소가 있지만 본질은 색깔인듯싶다. 누군가의 옷차림을 기억할 때 떠오르는 것은 색상이지, 재질이나 형태는 나중이다.

길을 걷다가 누군가와 마주쳤다고 생각해보자. 만약 상대방이 모자를 쓰고 있었다면, 대부분은 "그 사람은 빨간 모자를 쓰고 있었어요"라고 말할 것이다. 그 모자가 야구 모자인지, 중절모인지는 나중 문제다.

유달리 아끼는 옷도 살펴보면 색상이 마음에 드는 경우가 많다. 색감이 잘 빠진 청바지나 체크무늬 컬러 셔츠, 배색이 잘 믹싱된 티셔스 등.

누구나 한 번쯤 인터넷 쇼핑으로 옷을 구매한 경험이 있을 것이다. 하지만 배송된 옷이 기대했던 색과 달라 실망하기도 경우도 많다. 인기 있는 색은 금방 동나기도 한다.

내가 하려는 이야기는 간단하다. 옷에 있어 컬러는

화가가 다루는 색만큼이나 중요하다는 것. 누구라도 옷장 앞에서 옷을 고를 때면 캔버스를 마주한 화가로 변한다. 옷걸이에 걸린 형형색색 옷감은 팔레트에 짜 놓은 물감이 되고, 내 몸은 살색 도화지가 된다. 무엇을 입을까의 생각은 어떤 색을 칠할까와 맞닿아 있다.

많은 옷을 버리면서 습득한 옷 고르기의 기준 중 하나는 색깔이었다. 나는 나만의 색을 찾아다녔다. 많은 미니멀리스트가 선호한다는 검은색, 흰색, 회색만으로는 부족했다. 나는 내게 꼭 어울리면서도 아름다운 색깔 하나를 더 추가하고 싶었다.

몽블랑의 미드나잇블루가 떠오른 것은 우연이었다. 미드나잇블루는 묘한 색이었다. 밤하늘과 밤중의 바닷물을 섞은 듯한 청흑색은 차분하면서도 매혹적이었다. 창의력을 풍부하게 만들어주는 색이라고 할까?

나는 미드나잇블루를 내 컬러로 정했다. 그러자 옷 입는 게 쉬워졌다. 별생각 없이 그저 손 가는 대로 미드나잇블루를 걸치면 외출 준비 끝. 더는 거울 앞에서 바지나 셔츠를 벗었다 입을 일도, 옷을 산다며 이 색 저 색을 복잡하게 고민할 필요가 없었다.

입는 옷이 심플해지니, 자연히 옷을 버리고 사는 일도 심플해졌다.

옷을 고르는 네 가지 기준

옷을 구매하는 나만의 네 가지 기준이 있다. 먼저, 옷을 살 때는 무채색을 먼저 살펴본다. 언제나 그런 건 아니지만 보통은 검은색, 흰색, 회색을 집는다.

무채색 옷은 심플하고 튀지 않아 유행을 타지 않는다. 한번 사두면 수명이 다할 때까지 입을 수 있다. 여러 색과도 잘 어울리니 활용성이 높다. 단점이라면 조금 밋밋하다는 것인데, 나는 앞서 말한 미드나잇블루를 추가하여 컬러감을 살린다. 나름대로 포인트는 주면서도 심플하게 입을 수 있으니 더없이 만족스럽다.

무채색을 산다고 자로 잰 듯 블랙, 화이트, 그레이를 사는 건 아니다. 흰색은 깔끔하지만 조금 심심한 면이 있다. 그럴 땐 옅은 크림색이나 아이보리빛이 도는 옷을 고른다. 깔끔한 흰색이 살짝 섞인 크림색은 고급스러우면서도 평범하지 않아 만족스럽다.

정장은 단연 블랙을 고른다. 하지만 완전한 검은색은 피한다. 블랙을 입고도 생기를 품기는 어렵기 때문에 나는 화이트를 살짝 친 블랙을 입는다. 언뜻 보면 블랙이지만, 순수 블랙 옆에 있으면 조금 묽다 싶은 그레이 블랙. 블랙에 가까운 그레이 블랙은 오묘하고도 매력적이다.

다음으론 로고나 그림, 글자 등 무늬가 없는 단순함

을 추구한다. 프린팅이 들어간 옷은 대부분 산만한 느낌을 준다. 디자인 또한 마음에 들지 않는다. 그럴 바에는 아무런 장식과 패턴이 없는 옷을 고른다. 설령 그림이 있더라도 자그마한 문양 정도로만 제한한다. 이편이 다른 옷과 매치하기에 좋다. 아무 옷이나 받쳐입어도 무난하게 어울린다.

셋째, 오늘이나 내일 당장 입을 수 있는 옷을 구입하는 것이다. 옷장의 옷은 오늘을 위해 있어야 한다. 특정한 이벤트나 상황에 맞춘 옷은 사지 않는다. 언제 어디서든 누구를 만나도 걸칠 수 있는 옷으로만. 그래야 자주 입을 수 있다.

최고의 날은 오늘이고, 최고의 옷은 오늘 입는 옷이다. 옷 개수를 최소화하여 아끼고 소중한 옷으로만 남겨둔다. 특별한 날에만 찾아 입는 옷이 사라지면, 옷을 입는 모든 날이 특별해진다.

마지막 기준은 품질이다. 디자인과 질이 충분히 만족스러워야 한다. 적당한 싸구려 옷 몇 벌보다는 제대로 된 옷 한 벌을 고른다. 못해도 10년은 입겠다는 마음으로 일확천금이 생겨도 버리지 않을 옷을 산다. 싸구려 흰 셔츠 두세 장을 살 바에야 스판덱스 원단에 구김 방지 기능까지 갖춘 논-아이론 셔츠 한 장을 고른다. 마음에 들지 않으면 아무리 가격이 저렴해도 사지 않는다. 싼 맛이 아닌, 마음에 드는 맛으로 옷을 입는다.

나는 옷 개수와 종류에 연연하지 않는다. 가짓수가 적으면 적을수록 같은 옷을 자주 입게 되고, 그만큼 옷 하나하나의 활용도가 높아진다. 그러니 좋은 옷을 사서 소위 말하는 본전 뽑을 때까지 입는다.

생각보다 사람들은 내 옷차림에 관심이 없다. 같은 옷을 자주 입는다고 신경 쓰는 사람은 오직 나뿐이다. 예의는 지켜 입되 남의 시선을 의식하진 않는다. 유행과 패션보다는 편안함과 단정함을 우선시한다.

행거 하나면 충분

옷은 이동식 행거에 보관한다. 덩치만 큰 무거운 옷장은 애초에 집안에 들이질 않는다. 이사 갈 때도 짐이고 자리를 옮기는 것도 고생이다. 반면에 행거는 설치와 이동이 간편할뿐더러 가격도 저렴하다.

내가 생각하는 최악의 옷 보관법은 서랍에 넣어두는 거다. 행거엔 그냥 걸어두면 끝인데, 서랍에는 항상 옷을 개 넣어야 한다. 옷이 접히고 구겨지는 데다가, 옷을 꺼내 입고 넣을 때마다 위치가 바뀌니 적잖이 불편하다.

특히 서랍 안쪽이나 밑바닥에 깔린 옷이 문제다. 계

절이 지나고 나서야 '아, 이 옷이 있었지' 하며 뒤늦게 발견하게 된다. 또한, 옷을 고르는 데에도 시간이 오래 걸린다. 한눈에 들어오는 행거와 달리 서랍 속 옷은 꼭꼭 숨어있으니.

나는 사계절 옷을 모두 행거에 보관한다. 외출복과 실내복을 합쳐 가진 옷은 총 40개 정도. 상의 30개, 하의가 10개쯤 된다. 옷가지가 많지 않아 행거 하나에 모두 걸 수 있다. 덕분에 계절이 바뀔 때마다 옷을 옮기는 수고로움도 없다.

옷걸이는 마음에 드는 제품으로 통일한다. 심미적인 아름다움을 제쳐두더라도, 고품질의 옷걸이는 옷을 걸고 뺄 때 기분 좋은 만족감을 준다. 싸구려 옷걸이는 약하고 잘 휘어지는 데다 녹슬기 쉽다. 크기도 작아 점퍼나 양복 같은 두꺼운 옷을 걸기에 불편하다.

따라서 옷걸이는 무엇보다도 튼튼하고 조금은 큼지막한 녀석으로, 그러면서도 얇은 걸 쓴다. 그래야 작은 옷이든 큰 옷이든 모두 해결할 수 있다.

넥타이와 벨트는 하나씩만 사용한다. 따로 전용 걸이 없이 옷과 함께 행거에 걸어둔다. 둘 다 하나뿐이지만 부족함은 없다. 자주 사용하지 않는 벨트는 녹슬게 되고, 여분의 넥타이는 성가시다. 여러 개를 돌려쓰면 외출 때마다 선택의 괴로움만 생긴다.

양말은 한 종류로만 신는다. 모두 동일한 색과 디자인으로 10개 정도 구비해둔다. 너무 진한 검은 색은 예쁘지 않아 검정에 가까운 진회색을 신는다. 검정이나 흰색 양말은 먼지나 얼룩에 금세 더러워지지만, 진회색 양말은 티가 나질 않아 청결한 느낌을 준다. 길이는 단목도 장목도 아닌 중목으로, 두께 또한 너무 얇지도 두껍지도 않은 중간 두께로 정한다. 그러면 여름이든 겨울이든 사계절 내내 신을 수 있다.

덕분에 양말을 고르는 시간은 1초가 채 되지 않는다. 더는 과거처럼 바지 색깔에 맞춰 양말을 고를 필요도, 두께나 사이즈가 맞지 않아 고민할 것도, 짝이 없는 양말을 찾는다고 양말 더미를 헤집지 않아도 된다. 종류가 하나뿐이니 그저 서랍을 열고 집으면 그만이다. 눈 감고도 할 수 있고 세 살짜리 꼬마도 할 수 있다.

속옷 또한 마찬가지다. 같은 색깔의 제품을 일고여덟 개 정도 구매한다. 여름과 겨울 모두 입기 좋게 얇으면서도 부드럽고, 따뜻한 재질로 고른다. 매일 입는 속옷이므로 가격보다는 입을 때마다 만족감이 드는 것으로 장만한다.

모든 옷은 행거에 걸어놓지만, 예외적으로 양말과 속옷은 서랍에 보관한다. 그것도 같은 서랍 안에 둔다. 둘을 따로 분리하면 한 번에 꺼낼 것을 두 번에 나눠야 하니 불편하다.

서랍을 열 때마다 통일된 디자인과 색감에 기분 좋아지고, 정해진 위치에 자리 잡은 옷걸이와 옷을 볼 때면 뿌듯해진다. 모든 옷이 명료하게 차곡차곡 정리돼 있으니 보기만 해도 산뜻한 기분이 든다.

*

옷은 단순한 패션이 아닌 그 이상의 가치를 가진다. 옷을 입는다는 건 '저는 이런 사람이에요'를 소리 없이 외치는 일이다. 처음 만나는 자리에서, 우리는 상대가 입은 옷차림만으로 서로를 파악하고 판단한다. 내가 말을 하거나 어떤 행동을 취하지 않아도 상대는 내 옷차림만으로 직업, 성격, 취향, 교육 수준, 재산 등을 추측할 수 있다. 옷차림이 전부는 아니지만, 첫 만남의 순간만큼은 옷차림이 결정적인 역할을 한다.

옷에는 힘이 있다. 옷만 제대로 갖춰 입어도 마음 자세가 바뀌고 자신감이 붙는다. 새로 산 멋진 옷을 입었을 때 힘이 빠지거나 슬픔에 잠기는 사람은 없는 것처럼.

또한, 옷차림은 예의를 나타낸다. 결혼식이나 맞선 자리처럼 격식을 차려야 하는 곳에선 아무도 트레이닝

복에 슬리퍼를 신지 않듯이 마찬가지로 장례식장에 참석할 때는 검은색 옷을 입어야 한다는 암묵적인 규칙이 있다. 옷에는 TPO(Time, Place, Occasion)가 있고 우리는 모두 시간, 장소, 경우에 따라 예의를 지켜 옷을 입어야 한다.

이런 연유로 옷을 아무렇게나 입을 수는 없다. 옷은 나를 투영하는 도구이자 나 자신이니까. 옷으로 내 재산과 잘난 구석을 보여 줄 필요는 없어도 스타일과 단정함을 보여 줄 필요는 있다.

편하고 심플하되 단정할 것. 스타일을 갖출 것.

각자만의 삶은 다르겠지만, 최적화된 옷 생활은 크나큰 힘이 된다.

생각을 먼저 버린다

살아가다 보면 사람들은 모두 크고 작은 수집가가 된다. 꼭 거창한 게 아니더라도 이런저런 물건을 모으게 된다. 집안을 둘러보면 텀블러, 가방, 모자, 피겨, 신발, 인형, 화장품, 펜과 노트 등 내가 좋아하는 물건이 하나둘 자리를 차지하고 있는 걸 볼 수 있다.

내가 가진 물건 중에는 겉은 그럴싸해 보이지만 실속 없는 물건이 너무 많았다. 통이 큰 재킷, 디자인이 마음에 안 드는 셔츠, '언젠가 입겠지' 하며 서랍 깊숙이 넣어둔 니트, 1년에 두어 번 입는 조끼, 다 읽은 소설책, 녹이 슨 벨트, 앞으로 3년간 볼 계획이 없는 영어 학습서, 안 쓰는 화장품, 사용이 번거로운 미용 기구, 짝이 없는 양말, 혹시라도 수영장에 갈까 봐 사둔 수영복, 5년 전쯤 마지막으로 들은 <S.E.N.S> 베스트 앨범 여섯 장. 심지가 망가진 향초, 쓰다 만 노트와 수첩, 선물로 받은 향수, 버리기 아까워 모아둔 수납함과 상자, 레고 장식물, 몇 년째 사용하지 않은 녹즙기, 그 외에 내 허세와 욕망으로 사들인 물건들.

대부분이 사용하지 않거나 사용하더라도 1년에 한두 번 쓸까 싶은 물건이었다. 그런데도 버려야겠다는 생각은 조금도 하질 못했다.

답은 간단했다. 소중한 물건이니까.

아끼고 애지중지하는, 버리기에는 너무나 정이 든 물건이니까. 추억이 담겨 있고, 힘들게 구한 물건이니까.

그러나 중요한 물건마저도 버려야 하는 순간은 찾아온다.

*

살면서 가장 업으로 삼고 싶었던 일은 보드게임 개발이었다. 보드게임을 하는 것도 즐거웠지만, 새로운 보드게임을 구상하며 아이디어를 끄적여보는 게 그렇게 즐거울 수가 없었다.

아이디어가 팡팡 터져 밤을 지새웠던 날들, 강의 시

간에 끄적거렸던 교재 귀퉁이의 낙서, 간밤에 꿨던 꿈을 기억하기 위해 끙끙거리며 머리를 싸맸던 기억.

엉망진창의 게임이라도 좋았다. 게임의 시스템과 테마를 연결할 때 나오는 무궁무진한 경우의 수는, 언제나 신나는 모험이었다.

만약 누군가 인생을 살면서 보드게임을 하는 순간보다 즐거웠던 시간이 언제였는지를 묻는다면, 나는 길고 긴 시간을 고민해야 할 것 같다.

스물셋, 전역 후 처음 맞이한 주말에 내가 향한 곳은 건대입구역 근방의 어느 보드 카페였다. 병장 때부터 전역만을 손꼽아 기다렸던 이유 중 하나는 바로 보드 카페 모임이었다.

나는 작고 빈티지한 간판을 지나 건물 안으로 들어갔다. 한 계단 한 계단 조심스럽게 오르자 투명한 유리문 너머로 사람들이 옹기종기 앉아 있는 모습이 보였다. 모임 후기로만 접했던 보드게임을 즐길 수 있는 시간이 문 너머에 있다는 사실에 가슴이 뛰었다. 이후, 간단한 자기소개와 함께 다양한 보드게임이 펼쳐졌다. 정신을 차렸을 땐, 시간이 어떻게 흘렀는지도 모르게 순식간에 하루가 끝나 있었다.

이렇게나 즐거울 수 있다니!

지하철 막차를 타고 돌아오는 귀갓길이 너무나 아

쉬웠다. 전신은 짜릿하다 못해 취해버릴 것만 같았고, 밤하늘을 비추는 희미한 별빛마저 유난히 예뻐 보였다. 집에 와서는 도통 잠을 이룰 수 없었다. 한낮에 즐긴 게임이 머릿속에 아른거렸다.

이후 나는 보드게임에 더 깊게 빠져들었다. 하루는 농장 전략 게임인 <아그리콜라>를 배우다가, 일행과 함께 찜질방에서 밤을 지새웠던 적이 있다. 주변 시선에 아랑곳하지 않고 밤새 내리 다섯 판을 플레이하다가, 지하철 첫차 운행 시간이 돼서야 자리에서 일어났던 기억이 난다.

이외에도 보드게임과 관련된 숱한 추억이 있다. 금요일 저녁, 쇼핑백에 보드게임을 담아 친구 집으로 달려갈 때 두근거렸던 심장의 울림이 아직도 생생하다. 서툰 영어 실력으로 외국인에게 열심히 게임 룰을 설명하던 기억, 보드게임 수업 도우미 봉사활동, 공모전에 출품했던 자작 보드게임, 지인들과 보드게임으로 이야기꽃을 피우던 여러 날의 밤 시절들. 보드게임 디자이너가 돼보겠다고 인터넷을 뒤적거린 시간은 얼마나 될까? 천 시간? 2천 시간?

서른을 맞이하여 처음으로 생긴 내 방에 보드게임 책장이 들어온 것은 당연한 일이었다. 짙은 흑단 나무 책장을 산 나는 그 안을 수십 개의 보드게임으로 채워

놓았다.

변형을 피하기 위해 보드게임 상자를 책처럼 세워서 보관한 것은 기본이요, 먼지가 낄 것을 우려해 투명한 비닐 커튼까지 설치해 두었다. 흡사 박물관에 전시된 물품처럼. 아끼고 아끼는 최정예 보드게임인 만큼 최상의 상태로 보관하고 싶었다.

하지만 아무리 보관을 잘해도 같이 플레이할 사람이 없다면 무슨 소용일까. 인생의 꿈과 목표가 바뀌면서 새로운 직장을 다녀야 했고, 해야 할 일이 폭풍처럼 몰아치는 탓에 즐겨 하던 보드게임을 더는 할 수 없었다.

'친구랑 재밌게 해야지'라는 마음으로 구매한 게임이 '단 한 번이라도 할 수 있을까'로 생각이 바뀌는 동안 책장 속 보드게임은 화석처럼 굳어가고 있었다.

펀딩 사이트에서 몇 달을 기다려 구매한 <로빈슨 크루소>, 첫 플레이 시 심장이 쿵쾅거릴 만큼 강렬했던 <홈스테더스>, 몇 번을 팔았다가 다시 들인 <포세일>과 <하이 소사이어티>, 대학생 시절 용돈을 아끼고 아껴 손에 넣은 <신의 놀이터> 등등. 각종 참조표를 프린트하여 컴포넌트(게임 내용물) 보관 통까지 따로 사 둔 여러 게임들. 내겐 소중하고 보물 같은 물건이지만, 동시에 지난 몇 년간 플레이해본 적 없는 쓸모없는 물건이기도 했다.

나는 오랜 고민 끝에 모든 보드게임을 중고장터에 내놓았다. 단순히 가지고만 있는 건 의미가 없으니까.

그랬다. 아무리 소중한 물건일지라도…… 사용하지 않는 물건은 '내 것'이 아니었다. 버려야만 하는, 죽은 물건이었다.

물건을 버리는 일에는 생각 외로 많은 시간과 고민이 필요했다. 무턱대고 다 버릴 수 없었다. 몇몇 물건은 인터넷 중고 거래로 처분해야 했고, 팔리지 않는 물건 중 괜찮은 것은 지인들에게 나눠주기도 했다. 물건을 버릴 때마다 가구 배치가 바뀌기도 했으며, 새로 사야 할 물건도 많았다. 버려도 되는지 판단이 서지 않는 경우엔 한동안 지켜봐야만 했다. 수십 개의 물건을 버리는 날이 있는가 하면, 몇 주간은 하나도 버릴 수 없었다.

1년을 넘게 버리고 또 버리며 이제 충분하다고 생각했는데 버릴 물건은 또 나타났다. 참으로 이상한 일이었다. 아직도 버릴 물건이 남아있다니. 최고 난이도의 숨은그림찾기라도 하는 기분이 이럴까.

나는 꼭꼭 숨어있는 버릴 물건을 찾기 위해 방을 뚫어져라 관찰했다. 수사 현장을 둘러보는 형사처럼, 내가 가진 물건이 정말 필요한지 혹시 놓친 것은 없는지 샅샅이 살폈다. 그러면 버릴 것이 하나씩 튀어나왔다.

그리고 다년간의 '숨은 물건 찾기'로 인해 어떤 물건을 어떻게 버려야 할지 방법이 보이기 시작했다.

추억의 물건도 버린다

유난히 버리기 힘들었던 물건. 누군가 써준 손편지, 감동의 롤링 페이퍼, 여행 기념품, 생일 선물, 그밖에 추억과 정성이 듬뿍 담긴 물건들. 처음에는 감사와 감동에 힘입어 물건을 고이 보관했다. 특히 성의와 진심이 담긴 편지는 예쁜 종이 상자에 담아서 따로 간직했다. 그래야 마음이 편했고, 그것이 상대를 향한 배려와 예의라 믿었다.

하지만 아무리 추억의 물건이라도 언제까지 갖고 있을 수만은 없었다. 추억은 물건이 아니라 마음에 있는 것이니까.

누군가에게 정성스러운 편지를 받았던 기억을 떠올려보자. 아무리 눈물 펑펑 흘리며 읽었던 글이라도 시간이 지나면 멀어진다. 1년에 한두 번, 혹은 몇 년에 한 번 읽어보는 게 전부다. 오랜 시간이 지나 다시 펼쳐볼 때의 감동은 분명 애절하겠지만, 찰나에 불과하다. 평상시에는 편지를 갖고 있다는 자각도 없으며, 그 물건은 내 무의식의 영역 어딘가에 방치되어 있을 뿐이다.

이러한 '방치'는 편지를 써준 사람 또한 마찬가지다. 쓴 사람조차 이미 잊은 채 그만의 삶을 살고 있다. '내가 그에게 엄청난 장문의 편지를 써줬어! 그러니 나한테 늘 고마워했으면 좋겠어'라고 누가 일일이 신경 쓸까?

편지의 위력은 주고받는 시점에나 영향을 미칠 뿐, 시간이 지나면 준 사람과 받은 사람 모두에게서 서서히 잊힌다. 편지가 아닌 롤링 페이퍼든, 시계든, 반지든, 그 무엇이든.

그렇다면, 어차피 평생 보관할 물건이 아니라면 이 또한 버리는 게 낫지 않을까? 일주일 뒤에 버리든, 이사할 때 버리든, 10년 뒤에 버리든 결과는 똑같다. 단지 시간이 얼마나 유예되느냐의 차이일 뿐이다.

물건을 버린다고 상대의 정성과 성의까지 버리는 것은 아니다. 버리는 것은 단지 물건뿐이지 은혜와 감사는 가슴에 새겨둔다. 생각과 마음에 기록하는 것이다.

이따금 편지를 꺼내 추억에 젖는다고 상대에게 내 마음이 전해지는 건 아닌 까닭에, 추억을 되새김질한다고 아무런 액션이 일어나지 않기에, 나는 내가 느낀 사랑과 고마움을 물건 보관이 아닌 실천으로 보답한다. 더욱 자주 연락하고, 만나서 이야기를 나누며 내가 도울 것은 없는지 묻곤 한다.

추억은 물건이 아닌 마음에 깃든다. 어떤 이에게 추

억인 물건이 다른 이에겐 아무 의미 없는 물건이 되는 것은, 추억은 물건이 아니라 가슴 속에 깃든다는 증거다. 같은 바다를 보면서 누군가는 이별의 아픔을 떠올리지만 누군가는 평온함을 느끼는 것과 같은 이치다.

나는 손편지와 롤링 페이퍼 말고도 몇 가지 물건을 더 버렸다. 제일 먼저 버린 물건은 군번줄이다. 군대에서의 2년이라는 추억 때문에 지난 몇 년간 서랍 속에 고이 간직했으나 도무지 쓸 데가 없었다. 그래서 군 제대증과 함께 버렸다. 하지만 군번줄을 버린다고 군 시절 기억이 사라지진 않았다.

다음으로는 스무 살 때 탁구 동아리 활동을 하며 선수에게 받았던 10여 개의 사인볼을 버렸다. 10년 가까이 잘 보관했으나 끝내는 버리고 말았다. 그 외에도 꼭꼭 간직했던 필름 사진, 생일 선물로 받은 손수건 등 그리움과 감사가 애틋하게 깃든 물건을 모두 버렸다.

혹자는 '그래도 물건을 가지고 있으니 추억이 떠오르는 거잖아요' 하며 반문할지 모르겠다. 글쎄. 물건 때문에 겨우 남아있는 추억이라면, 가끔 물건을 꺼내볼 때만 환기되는 정도의 추억이라면…… 과연 진짜 추억이라고 할 수 있을까?

정말 진정한 사랑을 받았다면 그 감동은 영원히 가슴에 새겨진다. 잊으려야 결코 잊을 수 없다. 만약 물건 때문에 간신히 기억하는 가느다란 추억이라면, 그 정도는 그냥 포기하며 살련다. 잊히는 게 두려워 가지고 있는 물건이라면 그것은 짐일 테니까.

모든 걸 다 기억하고 보관하며 살 수는 없다. 추억은 가슴에 보관한다. 그거면 된다. 괜스레 추억의 물건이라고 보물단지 모시듯 가지고 있다가는, 날이 갈수록 짐만 늘어날 뿐이다.

케케묵은 물건을 쌓아두기보다는 앞으로 만들어갈 추억에 더욱 집중하고 싶다. 추억은 마음에 깃드니까.

중복된 물건을 버린다

나는 비누, 치약, 건전지, 치실, 휴지 등 소모품을 제외하고 대다수의 물건을 하나만 둔다. (컵이나, 수저, 옷걸이 등은 최소화한 적정 개수로만 소지한다.) 혹시 모를 분실과 고장을 대비한다는 핑계로 같거나 비슷한 물건을 여러 개 사 두지 않는다.

어디선가 받은 1기가나 2기가짜리 USB는 가장 용량이 큰 거 하나만 보관한다. 없으면 적당한 용량으로 하나 구매—물론 필요한 경우에만—한다. 작은 용량의 USB를 여러 개 가지고 있어봤자 어디에 무슨 파일이 들어 있는지 헷갈리기만 한다. 그럴 바엔 가장 용량 큰

한 개만 남기고 다 버린다.

같은 색깔 볼펜도 마찬가지이다. 볼펜이 많아도 결국 쓰는 것만 쓰게 돼있다. 연필꽂이에 꽂힌 10여 개의 펜 중, 유용하게 쓰는 펜이 얼마나 될까? 내 경우에는 한 자루면 만족스럽다.

당장 사용하지 않을 여분의 물건을 구매하는 건 그 수만큼 비용과 공간을 손해 보는 일이다. 텀블러, 자, 컵, 드라이기, 장갑, 손톱깎이, 칼, 쓰레기통 등은 가급적 하나로도 충분한 경우가 많다.

각각의 물건은 하나로도 충분히 제 몫을 한다. 물건을 여러 개 가지고 있다는 안정감? 아니, 그것은 도리어 불안감의 반증이다. 내가 산 물건에 만족하질 못하니 자꾸만 또 다른 물건을 사들이고 마는 것이다.

완벽히 똑같은 사람은 없다. 그 사람이 사라지면 아무리 닮은 사람을 데려와도 그를 대체할 수 없듯이, 내가 가진 물건 역시 대체할 수 없다는 생각으로 사용하면 더욱 애착을 갖고 소중히 다루게 된다. 분실하는 일도 드물다.

천천히 버린다

유독 버리기 어려운 물건이 있다. 딱히 쓸모는 없지만 버리자니 아까운 물건들. 모호한 포지션의 물건들이 그렇다.

버려야 할지 말지 판단이 서지 않으면 물건이 사라졌을 때를 상상해본다. 분실이나 고장으로 물건을 잃어도 주저 없이 다시 구매하리라 확신한다면? 그 물건은 정말로 꼭 필요한 물건이다. 하지만 조금이라도 망설임이 있다면? 그 물건은 그저 '갖고 싶은 물건'이지, 꼭 필요한 물건은 아니다.

그렇다고 버리기의 기준을 재구매의 망설임으로 삼으면 당장 집안 대부분 물건을 버려야 할지 모른다. 그래서 나는 망설임은 있지만 버리기 아까운 물건은 한쪽에 치워둔다(이때 보이지 않는 곳에 보관하는 것이 더 효과적이다). 이후 몇 주 혹은 몇 달이 지나도록 사용하지 않거나 필요성을 못 느끼면 그때 가서 버린다.

처음부터 모든 물건을 단번에 버리진 않는다. 무턱대고 버렸다가 나중에 후회하는 불상사를 예방하려면, 천천히 신중하게 고민해보는 과정이 필요하다. 남이 버린다고 따라 버릴 필요도 없고, 내가 버린 물건이라고 남에게 강요할 것도 없다. 내게 필요하면 갖고 있으면 되고, 아닐 땐 버리면 된다.

일본의 미니멀리스트 곤도 마리에는 "설레지 않으면 버려라"라고 말했다. 우리가 가진 물건 중에서 설레는 물건이 얼마나 될까? 언뜻 생각하면 너무 박한 기준이 아닐까 싶은데, 물건을 버리다 보니 그녀가 그렇게 말한 이유를 조금은 알 것 같다.

물건을 버리다 보면 끝까지 남는 물건이 있다. 7년간 입은 코트라든지, 애용하는 나만의 컵처럼 내 안목이 닿은 물건들. 내 취향과 가치관을 여실히 드러내는 물건들. 이런 물건은 설레는 물건이 된다. 고르고 고른 물건이기에 더욱 애지중지 아끼는 물건이 된다.

*

물건을 버릴 땐 감정에 휩쓸리지 말고 하나의 인식에서 출발하는 게 중요하다. 소중하고, 추억이 담기고, 비싸고 귀중한 물건이 '필요한 물건'과 별개라는 것을 깨닫는 순간, 버리기의 철학이 정립된다.

나는 왜 물건을 버리지 못할까?

정말 버릴 수 없는 걸까, 그냥 버리기가 싫은 걸까?

버리지 못하는 것은 물건이 아니라 살 때의 마음이 아닐까?

버리고 또 버리면서 깨닫는다.

살아가는 데 꼭 필요한 물건은 정말로 몇 개 되지 않는다는 것을.

많다는 것은 '부족하지 않음'이 아니다. 충분함을 말하는 것도 아니다. 많다는 것은 불필요하게 '더' 가졌다는 것, 그로 인해 대가를 치러야 한다는 뜻이다.

물건을, 아니 마음을 다스려 보자. 물건이 삶을 바꿀 순 없어도, 삶은 물건을 바꿀 수 있으니.

Stage 3

끝나지 않은 심플의 여정

LOADING...

밤과 게으름의 나날

언제부턴가 밤에 잠드는 게 힘들어졌다. 시계는 잠잘 시간이라고 하지만, 괜한 아쉬움과 허전함에 눈을 감을 수 없다.

누워서도 항상 무언가를 하게 된다. 궁금하지도 않은 뉴스 기사를 확인하고, 무료함을 달랠 영상을 보고, 허한 마음을 채울 군것질거리를 삼킨다. 어느새 밤은 보상의 시간이 된 지 오래다. 뭐라도 하지 않고는 직성이 풀리지 않는다.

피곤한 육체는 잠을 청해보건만, 의식은 맹렬히 거부한다. '12시면 자야지' 하는 마음은 새벽 1시, 다시 2시로 타협하고 만다.

그리고 다음 날 전쟁이 펼쳐진다. 뒤늦은 아침, 혹은 오후가 돼서야 맞이하는 하루의 시작은 어찌나 쓸쓸한지. 오늘도 귀중한 시간을 무의미하게 보냈다는 죄책감에 마음이 뭉텅이 채 부서진다. 항상 '아까 7시에 눈 떴을 때 일어날걸' 같은 후회를 반복한다.

'그래, 오늘은 진짜로! 집에 오자마자 바로 자겠어!'

매번 굳게 다짐하지만, 나는 알고 있다. 오늘 밤도 일찍 잠들기는 틀렸다는 걸. 밤은 또다시 나를 유희와 빈둥거림 사이로 안내할 테고, 나는 약이라도 취한 듯 몽롱한 밤을 만끽할 것이다.

왜냐고?

밤이 즐거우니까. 내일의 새벽보다 오늘의 밤이 너무나 신나니까. 그리고 내겐 내일의 기대가 사라진 지 오래니까.

*

마음의 작동 원리

'가능하겠어? 지금 일어나기엔 피곤하지 않아? 5분 정도는 더 자도 될 것 같은데.'

알람 소리가 들리자마자 머리가 몸에게 묻는다. 나는 의학 드라마 속 주인공이라도 된 듯 몸 상태를 면밀히 체크한다. 간밤의 피로가 덜 풀리진 않았는지, 두통을 느끼진 않는지, 아픈 곳은 없는지 등등. 몸이 어떻게 되든 관심 없던 어젯밤과는 전혀 다른 모습이다.

몇 년 전, 하루 4시간만 자면서 몇 달을 보낸 적이 있었다. 단순히 잠만 적게 자는 게 아닌, 깨어 있는 20시간 전부를 초 단위로 분배하여 사용할 만큼 치열하게 살던 때가 있었다.

당시 기상 시간은 정확히 4시 35분이었다. 새벽에 일어나던 장면이 아직도 눈에 선하다. 알람이 울리는 순간, 나는 아무 생각 없이 몸부터 일으켰다. 피곤하다거나 더 자고 싶다는 걸 생각할 겨를이 없었다. 일단은 일어나서 몸을 분주하게 움직여야 했다. 정신없이 이불을 개고, 옷을 갈아입고, 세수를 했다.

그러다 보면 어느 순간, 잠은 깨어 있었다.

그랬다. 정신을 차리기 위해서는 몸부터 움직여야 했다. 잠은 깨고 일어나는 게 아니라, 일어나면서 깨는 것이었다.

'피곤해, 더 자고 싶어' 하고 망설이는 순간, 이미 일어날 수 없는 주문을 외우는 셈이다. 알람이 울리는 동안은 누구나 협상의 달인이 된다. 어떻게든 더 잘 수 있는 그럴싸하고 합리적인 핑계를 대며 타협하려고 한다.

프로기상러가 되는 방법은 간단하다. 생각하지 않

고 몸부터 일으키면 된다. 의지로 일어나지 않는 것이 핵심이다. 먼저는 몸부터 일으켜 잠에서 깬 뒤 피곤한지를 점검해 본다. 만약 이게 가능하다면 제법 프로인 척 굴어도 좋다. 당신은 이미 프로기상러니까.

물론 잠에서 깨는 과정은 너무나 괴롭다. 고통을 피할 길이 없다. 쿨쿨 잘 자는 이른 아침에 누가 커튼이라도 확 젖힌다면? 햇빛이 환히 비추고, 듣기 싫은 기상 소리가 들려온다면? 아으으… 침대에서 일어날 생각을 하니 죽을 맛이다. 안락한 이불 안의 따스함이 너무나 달콤한 탓이다.

하지만 일단 잠에서 깨어난다면? 정신이 번쩍 든다면 어떨까? 이보다 편하고 기분 좋을 수가 없다. 그토록 졸리고 자고 싶었던 마음이 한순간에 달아난다. 30분을 더 자도 풀리지 않았던 피로가, 정신을 차리는 순간 눈 녹듯 사라진다.

잠에서 깨는 과정을 통해 배운 것이 하나 있다. 바른 정신은 꾸준한 행동에 깃든다는 것. 정신의 중요성을 강조한다지만, 그 정신마저 움직이는 것이 행동이다. 정신이 살아있다고 행동이 바뀌진 않는다. 행동이 먼저 바뀌어야 정신도 뒤따라 변화한다. 요컨대 정신은 차리는 게 아니라, 차려지는 것. 행동은 정신을 이긴다. 마음에 날개를 달아준다. 오직 부지런한 행동만이 살아

있는 정신의 증거가 된다.

마음의 작동 원리라는 게 그렇다. 마음을 길들이기 위해선, '행동'이라는 버튼을 눌러야 한다. 매일 같은 시간, 같은 행동을 반복하는 꾸준함만이 마음에 살길을 내준다. 힘을 준다.

마음은 행동과 함께 움직이니까.

저녁의 도미노

집은 욕망이 표출되는 공간이다.

모든 시선은 사라지고 덩그러니 방 안에 홀로 남는 순간, 숨겨뒀던 자아가 갑옷을 비집고 스멀스멀 기어 나온다. 혼자만의 집에서는 누구의 눈치도 볼 필요가 없다. 즐거운 척, 행복한 척, 괜찮은 척하지 않아도 된다. 잘할 필요도, 노력할 필요도, 긴장할 일도 없다. 타인과 끊어진 연결 속에서 그저 몸과 마음을 축 늘어뜨린 채 쉬면 된다.

상황이 이렇다 보니 게으름이란 녀석이 집요하게 마음을 파고든다. 집에 돌아와 옷을 벗고, 텔레비전과 컴퓨터를 켜고, 냉장고를 연 뒤 몸을 뉘면 모든 것이 귀찮아진다. 씻기 위해 움직여야 하는 몇 미터의 거리는 만리장성의 끝과 끝의 거리만큼 멀게 느껴진다. 저녁을 먹었어도 배는 허전하고, 마음은 공허하고, 두 눈을 모니터 화면에 고정하는 것 외에는 아무것도 할 수가 없다.

나 또한 게으름의 늪에 빠져 한세월을 보냈다. 한참이 지난 후 내가 선택한 처방은 샤워다. 외출을 마치고 돌아오면 바로 씻는다. 뭉그적거리며 컴퓨터를 하거나 눕게 되면 부지런함의 스위치가 완전히 꺼져버린다. 그러니 그전에 몸부터 씻는다. 샤워하러 가기까지가 아무리 괴로워도 눈을 딱 감고 걸음을 뗀다.

먼저 샤워를 하는 데에는 분명한 이유가 있다. 단순히 몸을 씻는 일이지만, 샤워는 한껏 늘어지려는 몸에 추진력을 줘 다음 단계의 할 일을 시작하는 촉진제가 된다. 가령 최초의 샤워는 미처 못 끝낸 회의록을 작성하는 힘을 준다. 그리고 회의록을 작성한 성취감은 내일의 업무를 점검해 보는 에너지가 된다.

행동이 다음 단계 행동을 이끄는 원천이 되어 연쇄작용을 일으키는 것이다.

나는 이것을 '저녁의 도미노'라 부른다. 귀찮음을 이겨낸 최초의 행동은 도미노의 첫 블록으로 작용하여 힘들이지 않고 다음 블록을 넘어뜨린다. 관성의 법칙과도 같다. 움직이는 물체는 계속 움직이려 하고, 움직이지 않는 물체는 계속 움직이지 않으려는 현상. 행동에는, 그리고 그 행동을 주관하는 마음에는 같은 물리법칙이 적용된다. 계속 아무것도 하지 않거나, 점차 부지런해지거나.

퇴근 후 침대에 엎드린 채 주전부리를 먹으며 휴대폰을 만지작거리는 내 모습을 그려본다. 게으름에 빠진 몸을 다시 일으켜 세우는 것은 결코 만만치 않다. 한번 게으름과 즐거움에 단단히 빠져들면 몸을 컨트롤할 수 없다. 이러면 안 되는데 생각하면서도 속수무책으로 시간이 흘러간다. 버티고 버티다 한참이 흘러서야 뒤늦게 몸을 일으킨다. 그날 해야 할 일을 몽땅 내일로 미룬 채.

한편, 하나의 일을 끝낸 기쁨과 보람은 또 다른 일을 하고 싶게끔 마음을 움직인다. 작고 작은 장애물이라도 일단 뛰어넘는 순간, 다음 장애물을 향해 달려가게 된다. 행동은 마음을 리드한다.

도미노의 첫 블록—내게는 샤워였지만—은 사람마다 다를 것이다. 누군가에겐 간단한 스트레칭이 될 수도, 매일 작성하는 글 한 편이 될 수도, 재료를 다듬으며 요리하는 시간이 될 수도 있다.

중요한 것은 도미노가 시작될 수 있도록 첫 블록을 넘기는 것이다. 도미노 블록이 넘어가며 펼쳐지는 아름다운 광경처럼, 연속된 행동 또한 감상할만한 한 폭의 그림이 될 테니까.

아무것도 하지 않는 밤

최악의 밤을 생각해본다. 진작 했으면 될 일을 질질 끌어 새벽까지 고통스럽게 깨어 있던 밤. 뜻하지 않은 일로 일정이 전부 틀어져 버린 밤. 밀린 일을 하느라 쉬지 못하고 뒤늦게 잠드는 밤. 이 일 저 일에 치여 시간이 부족한 밤. 늘 바쁜 밤.

이 중 최악은 내 생각대로 흘러가지 않는 밤이다. 무방비상태에서 찾아온 저녁의 일거리는 평온한 밤을 온통 휘젓는다. 유일한 탈출법은 어떤 변수가 닥쳐도 대처할 수 있도록 시간을 비워두는 것이다. 전에는 중요도에 따라 일을 배분하여 그날그날의 업무를 하나씩 해결하는 게 정답이라 여겼다. 발표 자료와 회계 장부 체크는 목요일 오후로, 인터뷰지 작성은 토요일 오전에, 오늘은 피드백 회의와 마트에서 장 보는 일까지의 완료 등등.

하지만 지금은 생각이 바뀌었다. 삶이란 내 뜻대로 흘러가지 않음을 배우면서, 일은 계획해 두고 하나씩 처리하는 게 아니라는 걸 깨닫게 됐다.

가장 좋은 방법은 즉시 하는 거였다. 다음 주를 돌아보지 않고, 내일을 돌아보지 않고, 할 수 있는 최대한의 일을 오늘 다 끝내는 것. 그것이 가장 지혜로운 방법이자 최고의 시간 관리였다.

가령 주말 오후에 A 업무를 하기로 계획했는데 당일에 갑자기 B 업무가 추가된다면? B로 인해 A를 제대로 끝마치기 힘들어진다. A를 할 만큼만 시간을 배분해 놨기 때문이다. 더해지는 업무가 B뿐이라면 그나마 다행이다. 만약 C, D가 더 생긴다면? A를 끝내지도 못했는데, 다시 다음날 E, F가 추가된다면?

내 생각과 계획대로 모든 일정이 착착 마무리되면 정말 좋겠지만, 일에는 늘 변수가 발생한다. 갑자기 급한 일정이 생기는 것은 물론이거니와 예상보다 길어지는 작업 시간, 협업자의 시간 변경, 내 몸이 아픈 일 등 예기치 않은 돌발 상황이 내가 설계한 시간표를 여지없이 무너뜨린다. 더할 나위 없는 완벽한 계획일지라도 계획은 언제나 틀어진다.

해야 할 일은 최대한 이른 시일 내에 모조리 끝내는 게 가장 현명한 해답이다. 조금 무리를 해서라도 말이다. 우리가 계획—또는 일정 관리—이라고 부르는 것은 달리 말하자면 나중에 하기로 일을 미루는 것과 같다. 지금 할 수 있음에도 힘들고 귀찮다는 이유로. 오늘의 일거리를 내일로, 다음 주로, 다음 달로, 그러다가 영원히.

이번에는 아무것도 하지 않는 밤을 그려본다.

해야 할 일을 다 마친 하루는 어찌나 여유로운지. 학창 시절, 예상하지 못했던 단축 수업을 맞이한 것만 같다. 일찍 귀가한 하루가 평소보다 길게 느껴지고, 많은 것을 하게 해준다. 보너스 시간의 기분이랄까.

아무것도 하지 않으니 길고 긴 밤이다. 몸을 눕혀 근육을 충분히 이완해 본다. 모든 감각에 힘을 빼고, 어둠이 몸을 감싸는 기분에 맡겨본다. 존재하지 않는 것처럼 가만히, 고요하게. 마치 화면 보호기가 켜진 컴퓨터라도 된 듯 완전한 휴식을 취한다. 마우스 포인트의 움직임 하나 없는 무결점의 쉼.

흔적을 남기지 않는 밤을 예찬한다. 그런 밤은 쉬어가는 타임이다. 무언가를 하려는 마음, 채우려는 마음을 비운다. 즐거움은 잠시 덮어두고, 편안함과 무기력을 맛본다. 가볍지만, 진한 밤이다. 정신을 놓을 것 같은 안락함이 피부에 스며든다.

하루의 시작은 밤부터다. 지금의 밤은 오늘이 아닌, 내일의 밤. 생기 가득한 내일을 위해 간소한 밤을 보내며 에너지를 응축한다.

늘 긴장 상태를 유지할 순 없다. 힘을 줄 때가 있으면 뺄 때도 필요한 법. 밤은 그 요령을 발휘하기에 적기다. 템포를 조절하여 지치지 않는 몸을 만들어낸다. 경직된 하루를 밤으로 녹여낸다. 쓸데없는 욕망을 잠재우며 밤의 환상을 부순다.

*

수없이 많은 밤과 게으름 사이에서 한 가지 깨우친 게 있다. 잠들기 직전의 기분과 감정이 다음 날 아침까지 그대로 연결된다는 것이다. 마치 씨앗처럼, 기분과 감정은 마음에 뿌리를 내리고 싹을 틔운다.

씨앗을 품은 나무가 씨앗 그대로의 열매를 맺는 것처럼, 내 마음에 뿌려진 밤의 씨앗도 무럭무럭 자라나 다음 날 같은 성분의 열매를 맺는다. 씁쓸함을 안고 잠드는 밤이라면 영락없이 우울한 하루가 되지만, 설렘으로 잠드는 밤이면 희망찬 내일이 펼쳐진다.

감정뿐만 아니라 행동 또한 같은 연속성을 갖는다. 오늘의 행동이 곧 내일의 행동이 된다. 즉, 내일부터 하겠다는 말은 '하지 않겠다'는 말과 다를 바 없다. 지금도 하기 싫은데 내일이라고 하고 싶을까? 지금 이 순간에도 귀찮음과 게으름에 굴복했으면서, 내일이라고 이겨낼 수 있을까?

'내일은 꼭 일찍 일어나야지.'

'내일부터는 정말 열심히 살아야지.'

'오늘까지만 먹고 내일부터 진짜 다이어트야.'

지금껏 수없이 각오하고 다짐한 일이 얼마나 허무하게 무너졌는지를 떠올려보면, 오늘의 행동만이 내일의 싹이 됨을 깨닫게 된다.

어제 보낸 행동만큼의 하루가 오늘도 그대로 펼쳐졌듯이.

인생은 소설처럼

원치 않는 직장을 다니며, 출근에 맞춰 간신히 일어나기를 수개월. 나는 타의에 의한 기상이 얼마나 삶의 의욕을 떨어뜨리는지 뼈저리게 느꼈다.

반면에 내가 원하는 일을 하기 위해서라면 아무리 새벽 일찍 일어나도 피곤하거나 괴롭지 않았다. 그것이 공부든, 독서든, 운동이든 삶의 만족감을 높이는 데는 무엇과도 비교할 바가 안 됐다.

'이토록 활기찬 아침이라니!'

마치 무림의 절대고수라도 된 듯한 기분이었다. 기분 좋은 에너지는 넘실대다 못해 쿵쾅쿵쾅 요동을 치고. 맑고 청명한 한 줄기 기운이 가슴에 차오르는 것만 같았다.

가벼운 걸음걸이에는 온갖 창의적인 아이디어가 꼬리에 꼬리를 물며 쏟아졌다. 머릿속은 이미 고속 회전하는 컨베이어 벨트와 다름없는 상태. 평상시와는 모든 게 다른 국면으로 흘러가는 아침이자 하루다.

그리고 이것은 소설 속 주인공만의 이야기는 아닐 것이다.

*

소설은 왜 읽는 걸까? 단순히 재밌으니까?

자고로 소설이 재밌어야 한다는 점에는 크게 공감한다. 재미없는 글은 아무도 읽지 않을 테고. 읽히지 않는 글은 의미가 없으니까. 독자의 입장을 고려하지 않는 글은 작가의 자기만족에 그치기 마련이다. 특히나 정보전달의 목적이 거의 없는 소설의 경우에는, 대중적인 재미를 빼놓을 수 없다.

하지만 단순히 재미만이 전부는 아니라고 생각한다. 재미로만 치면 세상엔 소설보다 재밌는 게 너무나 많다. 가족과 떠나는 여행, 친구와 즐기는 스포츠, 연인과 함께 하는 공연이나 영화 감상 등등. 상대와 눈을 마주치며 생각과 감정을 공유하는 즐거움은 결코 소설에 뒤떨어지지 않는다. 화려한 색채와 사운드가 담긴 게임에 몰입하는 게 텍스트를 읽으며 상상하는 것보다 더 쉽고 리얼하다.

그렇다면 우리는 왜 소설을 읽는 걸까?

소설의 내용은 대부분 허구이다. 소설 속 인물들 또한 나와는 전혀 상관없는 허구의 존재들이다. 허구라고 하면 시시하게 느껴질 수도 있지만, 아이러니하게도 꾸며낸 이야기라는 점에서 더욱 매력적인 게 아닐까?

현실에는 완벽한 정치인이 없다. 설령 있더라도 정치인 한 명이 세상을 바꾸는 기적은 일어나지 않는다. 빈틈 하나 없이 완벽하게 정의로운 영웅 역시 없다. 하지만 소설에는 있다. 아무리 어려운 환경 속에서도 역경을 극복하고 성공해내는, 역사를 다시 쓰는 숨 막히는 신화가. 결코 사실은 아니지만, 사실과 같은 놀라운 이야기가 펼쳐진다. 마치 마법과도 같다. 가슴 속에 묻어둔 이상을 실현시켜 주는 드라마 같은 매직!

이야기가 가진 힘은 놀랍고 실로 위력적이다. 바닥으로 추락한 사람의 마음에 불을 지피기도 하고, 감정이 메마른 사람의 마음을 흠뻑 젖게 만들기도 한다. 또한, 불가능할 것 같은 꿈을 꾸는 이들에게 포기하지 않도록 응원의 메시지를 전하기도 한다.

『아라비안나이트』에서 셰에라자드가 목숨을 지킬 수 있었던 것은 천일 간 이어진 긴 이야기 덕분이었다. 제아무리 포악한 샤리아 왕일지라도 재미있는 이야기를 듣는 동안은 얌전한 아이처럼 변했다. 독자 또한 궁금증에 사로잡혀 이야기에 빠져들게 된다. 학창 시절을 돌이켜봐도, 지루하고 졸린 수업 시간에 정신을 번쩍 들게 했던 건 수업 내용이 아니라 강의자의 살아있는 스토리였다.

삶을 다시 시작할 수 있다면

언제부터인지 모르겠지만, 웹소설 시장엔 흥행 공식 같은 대표적인 클리셰가 하나 자리 잡았다. 바로 회귀, 빙의, 환생. 과거의 시점으로 돌아가는 회귀, 다른 사람의 몸에 들어가는 빙의, 다시 태어나는 환생. 각각의 앞글자를 따서 '회빙환'이라 불리는 이 소재는 수많은 열혈 독자들을 탄생시켰다. 누구나 한 번쯤 상상해보는 판타지가 이루어진다는 점에서 회빙환의 이야기는 진정 매력적이다.

지금의 기억을 그대로 가지고 과거로 돌아간다면 얼마나 좋을까?

남들은 모르는 정보를 자기 혼자 알고 있으니 미래를 준비하며 대처할 수 있을 것이다. 이전 생에서는 꿈도 꾸지 못했던 일을 모두 이뤄내며 말이다.

사람은 누구나 후회를 한다. 살면서 후회하는 순간을 줄여나갈 순 있어도, 아예 후회를 안 하기란 불가능에 가깝다. 세상에 완벽한 사람은 없으니까. 아무리 잘난 사람도 시간이 지나서는 '그때 그렇게 할걸', '그걸 미리 알았더라면' 하며 아쉬워하기 마련이다.

그런 면에서 회빙환 소설은 누구나 공감하는 '후회'라는 깊은 감정을 공유한다. 뿐만 아니라 인생 2회차가 주어진다면 달라졌을 기대감에 대한 대리만족까지도 충족시킨다. 나는 후회스러운 삶을 바로잡아보려는 회빙환의 판타지가 변화를 추구하는 심플과 같은 연장선 위에 있다고 생각한다. 삶이 충분히 심플하다면 시간과 에너지와 돈을 효율적으로 사용해 더 많은 목표를 성취할 수 있을 테니까. '이래서는 안 된다', '심플해져야겠다'라는 깨달음을 얻었다는 건, 과오를 반복하지 않으려는 결단과 동시에 변화의 가능성을 품는 일이다. 마치 후회스러운 인생 1회차를 교훈 삼아 인생 2회차에서는 새로운 삶을 펼쳐내는 회빙환의 이야기처럼.

누구나 더 나은 삶을 바란다. 원하는 대로 흘러가지 않았던 삶의 방향이 되돌려지길 원한다. 이리저리 끌려가는 삶이 아니라, 자신이 이끌어 가는 삶으로 컨트롤하고 싶어 한다.

누구나 주인공을 꿈꾼다

한 회사의 사장과 그 밑에서 일하는 직원 중 더 행복하게 일하는 사람은 누구일까?

일반적으로는 사장이 일에 대한 만족도가 더 높다고 한다. 사장은 회사 내 대부분의 결정권을 가진 위치에 있는 사람이다. 따라서 직원에 비해 능동적이고 주도적으로 일할 수 있고, 이는 업무에서의 만족감과 행복감을 높여 주는 결과를 낳는다고 한다.

맞는 말이다. 일찌감치 부와 성공을 거머쥔 사람들 역시 일찍 은퇴하는 경우는 거의 없다. 편하게 놀고먹으며 쉴 수 있는 길을 제쳐두고는, 새로운 일에 도전하며 끊임없이 일한다. 그들은 남의 지시에 따르는 삶이 아니라, 스스로 주인공인 주체적인 삶을 살기 때문이다.

왜 출근길은 피곤한데, 퇴근길은 힘이 넘칠까?

잠과 휴식으로 충분한 시간을 보낸 출근길과 고된 노동을 마친 퇴근길. 단순한 에너지 측면에서 봤을 땐 순서가 바뀌어야 한다. 오히려 출근길에 기운이 넘치고 퇴근길은 지쳐 있는 게 자연스럽다. 하지만 상황은 정반대로 흐른다.

이러한 아이러니의 원인 역시 통제력의 차이가 아닐까 싶다. 출근하면 회사에서 시키는 일, 즉 수동적인 입장에서 일을 해야 하지만, 퇴근 후엔 내가 원하는 일을 하며 주체적으로 보낼 수 있으니까.

삶을 주도하느냐, 그렇지 못하느냐의 여부는 너무나 중요하다.

과거 바쁜 직장에 다녔을 때 나는 이리저리 끌려가는 삶만을 살았다. 직장과 가정의 경계가 무너질 만큼 일거리가 몰아닥쳤다. 밀린 집안일이 산더미인데, 업무는 끊이질 않았다. 출구가 보이지 않는 기분이었다.

가끔씩 쉴 시간이 생겼지만, 스트레스를 풀어야 한다는 마음에 웹툰을 몰아보거나, 야식을 먹는 등 새벽 늦게까지 깨어 있으며 원하는 시간을 보냈다. 그렇게 시간이 흘러 피로에 지쳐 잘 시간이 다가오면 그제야 방안에 널브러진 물건, 씻지 않은 몸, 쌓여있는 문자 메시지와 내일의 일정이 눈에 들어왔다. 후회스러운 마음에 얼른 불을 끄고 잠을 취했지만, 느껴지는 거라고는 달고 기름진 음식이 배 속을 부유하는 불쾌한 감각이었다.

그리고 다음 날 눈을 뜨면 몸은 비명이라도 질러대듯 피로감을 호소했다. 하지만 잠을 깰 틈도 없이 그날의 일과가 시작됐다.

늘 바쁘고 열심히 살아가는 삶이었지만 몸과 마음은 지쳐갈 수밖에 없었다. 아니, 병들어가고 있었다. 언제나 '해야 할 일'에 쫓겨가며 살 수밖에 없었다. 노력을 안 한 것도 아니다. 나름대로 시간을 아끼고자 일정표도 간결하게 다듬고, 운동도 하려고 했고, 식단을 조절하기도 했다. 하지만 며칠이 가지 못했다. 물론 나라는 사람의 역량이 부족한 것도 있었을 것이다. 하지만 그보다 시급한 것은 '체계'였다. 내 생활에 심플한 체계가 없다 보니 무엇을 해도, 눈물로 결심해도, 금세 무너질 수밖에 없었다.

상담이 필요했던 어느 날 밤, 동료가 문자 메시지로 장문의 글을 보내왔다.

"일이 힘든 이유는 질질 끌려가기 때문일 거야. 억지로 질질 끌려갈 때는 뭘 해도 다 힘들고 지치게 되지. 나도 하루에 수십 번 마음이 왔다 갔다 해. 그런데 중요한 건 나를 끌고 가는 손에서 벗어나 스스로 달리는 순간이야."

순간 말문이 막혔다. '중요한 건 나를 끌고 가는 손에서 벗어나 스스로 달리는 순간'이라는 말이 묘하게 마음을 파고들었다. 인생을 살면서 '주도적으로 살아라, 주인의식을 가져라' 같은 말은 숱하게 들었지만, 지금처럼 마음 깊숙이 파고든 적은 없었다.

동료의 말대로 질질 끌려가는 삶은 괴롭다. 뭘 해도 다 힘들고 지친다. 그리고 놀라운 것은, 앞장서서 뛰나 마지못해 뒤처져 뛰나 '속도는 같다'는 점이다. 둘 다 똑같이 노력하고 있다는 것이다.

동료의 메시지를 여러 번 읽으면서 근본적인 생활 체계부터 갈아엎어야겠다는 생각이 들었다. 지금의 마음이 또다시 작심삼일로 끝나지 않으려면 심플한 나만의 규칙이 필요할 것이다. 그리고 그 규칙이 나를 통제할 때, 나 또한 삶을 통제할 수 있지 않을까? 소설의 주인공 같은 사람이 될 수 있지 않을까?

할 수 있다, 있었다!

어릴 적에 보던 만화영화에서는 조종자의 동작을 따라 하는 로봇이 나오곤 했다. 로봇 안에 들어간 주인공의 움직임을 똑같이 따라 행동하는 로봇. 악당을 무찌르는 존재는 로봇이 아니라 로봇 안에 있는 사람이었다.

웹툰이나 소설에서도 비슷한 이야기가 많다. 학교에서 괴롭힘을 당하는 허약한 왕따 남학생의 몸에 들어간 영웅적인 무인의 혼이 여태껏 남학생을 괴롭혔던 학생들에게 복수한다는 설정의 이야기처럼.

흔히 눈에 보이는 육체만을 사람의 전부이자 주체라고 생각하기 쉽지만, 결국 그 육체를 움직이는 것은 정신이다. 마음이 내 몸을 움직인다. 물론 정신만이 사람의 전부라 할 수는 없다. 하지만 영혼 없이 육신만 갖춘 존재를 사람이라 보기는 힘들다. 좀비의 경우만 보더라도 분명히 살아있지만, 의지대로 생각하고 말하거나 움직일 수 없으니 죽은 사람과 다름없다고 여기는 것처럼 말이다.

내 행동을 바꿀 수 있는 것은 내 생각이자 영혼뿐이다. 무인의 혼이 깃들어 변화하는 왕따 소년 이야기는, 우리 모두에게 적용되는 현실이다. 사람은 결국 자신의 생각대로 산다. 자신을 어디까지 믿느냐에 따라, 그 믿음만큼의 삶이 펼쳐진다.

그러니 내게 필요한 것은 강한 생각을 붙잡는 정신이다. 절대로 포기하지 않는, 단단하다 못해 집요할 만큼의 투기. 주인공 보정을 뛰어넘는 불굴의 의지.

소설이 중반쯤 진행되면 주인공은 늘 최악의 상황과 위기에 처하곤 한다. '이 위기를 정말 헤쳐나갈 수 있다고?' 싶을 정도로 도저히 해결할 길이 보이지 않는 절망적 난관에 직면한다. 하지만 주인공은 언제나 실마리를 찾아낸다. 기어코 타개하고야 만다.

여태껏 내가 관두었던 일, 도망쳤던 일을 생각해본다. 그 일은 정말 할 수 없는 일이었을까. 아니면 누군가는 해낼 수 있는 일이었을까.

*

'꿩 잡는 것이 매다'라는 말이 있다. 매라서 꿩을 잡은 게 아니다. 꿩을 잡으니 매가 되는 것이다. 내가 꿩을 잡을 수 있는 매로 태어나지 않았더라도 증명하면 되는 것이다.

소설뿐만 아니라 삶에서도 이 말은 적용된다. 타고나길 주인공으로 태어난 게 아니라, 승리했기 때문에 주인공이 되는 것이다. 그러니 삶도 부딪혀 본다. 극복할 수 없고 할 수 없는 일이라 느껴지더라도 모든 상황에는 늘 최선의 방법이 있다고 믿고 주도적으로 살아본다.

답은 반드시 있고, 결국엔 정답을 찾게 될 테니.

기록과 예술과 재능

기록은 자못 방 청소를 닮았다. 청소가 물건을 치우는 일이라면, 기록은 생각의 정리정돈인 셈. 생각만 많고 정리 안 된 머릿속은 물건을 잔뜩 채워 넣은 방과 같다.

방이 어질러져 있을 땐 청소하는 게 답이다. 쓸모없는 물건은 버리고 필요한 물건은 제 위치에 놓는다. 깔끔해진 방에 속이 후련해지고 기분이 나아지는 것은 자명한 일이니까.

기록도 정리와 같은 효과를 낸다. 마음이 복잡하고 심란할 때는 글을 쓴다. 에세이나 일기, 혹은 그날 느낀 기분이나 작은 깨우침에 관하여 자유롭게. 때로는 의식의 흐름에 따라 아무 글이나 써본다. 소리는 없어도 무언의 기록은 마음에 울려 퍼진다. 머릿속에 쌓아둔 답답하고 부정적인 생각은 옅어지고, 유용하고 긍정적인 기분이 가지런히 채워진다.

청소를 끝낸 후에야 방 안의 물건이 하나하나 눈에 들어오는 것처럼, 복잡했던 생각을 글로 적어야만 감정이 차분히 제자리에 앉는 느낌이다. 잡히지 않던 머릿속 상념과 고민의 실체는 기록을 거쳐 뚜렷이 마주할 수 있다. 추상적이고 불분명한 생각은 겹겹의 문장으로 윤곽을 드러낸다.

오랫동안 방을 치우지 않으면 내가 가진 물건이 무엇인지 잊게 되는 것처럼, 글도 그러하다. 적지 않으면 소중한 기억과 생각이 잊혀진다.

*

기록으로 심플하게

나는 잊지 않기 위해 기록한다. 일상에서 느낀 생각과 감정을 기록을 통해 저장한다. 잊히는 게 아까워 적다 보니 나도 모르게 습관이 되었다.

별로 대단한 걸 적는 것도 아니다. 고등학생 땐 수첩에 수학 공식이나 준비물 정도를, 20대 초반엔 노트

한 권에 건강 상식이나 읽고 싶은 책 제목 정도를 적었다. 그리고 몇 년이 지나자 노트는 여러 권의 기록지가 되었다. 보드게임 구상안, 일기장, 독서 노트, 비전 노트, 서툴게 쓴 시와 노래집, 인생 계획서 등. 조금이라도 쓸모 있겠다 싶으면 글로 남겨두었다.

20대 중반을 넘어가면서는 메모 양이 부쩍 늘어났다. 길을 걷다가도, 대화하다가도, 강의실에서 강의를 듣다가도 불현듯 뇌리를 스치는 생각이 떠올랐다.

아이디어란 게 그랬다. 그것은 낚시와 같아서, 물고기가 무는 순간 낚아채지 않으면 놓치기 십상이었다. 무언가 신박한 영감이 떠오를 때면, 나는 모든 걸 제쳐두고 휴대폰을 열었다. 화면을 채워가는 단어와 문장엔 서툰 외국어를 뱉는 듯 오타와 비문이 가득했지만, 내 머릿속은 그 어느 때보다도 최고조의 집중력을 발휘하는 중이었다. 비록 아주 사소한 깨달음이나 쓸데없는 잡문일지라도.

그러던 중 우연히 알게 된 메모 앱 <에버노트>는 내 심플 라이프에 분기점이 됐다. 시간은 좀 걸렸지만, 기록물의 상당 부분을 아날로그에서 디지털로 옮겨갔다. 8년째 사용하는 <에버노트>에는 개인 정보, 대화법, 강의안, 작문법 및 집필 아이디어, 행사 기획안, 교육 자료, 업무 매뉴얼 등 모든 정보가 총망라해 있다. 종이 메모 없이 모든 정보를 일원화된 디지털 자료로 통합하여 보관하기에, 메모 거리를 찾는다고 집안 곳곳을 살피지 않는다. 오직 <에버노트>를 열어볼 따름이다.

기록의 목적은 필요할 때 즉각 꺼내 봐야 하는 것이다. 체계적이면서도 단순해야 했다. 최소한의 품으로 심플하게 관리돼야 했다. 나는 어떻게 하면 가장 간결하고 일목요연하게 기록할 수 있을지를 고심했다. 비슷한 주제의 내용은 한데 모으고, 중복되는 내용은 잘라내고, 카테고리도 최대한 줄였다. 자주 보는 메모나 일정표는 최소한의 형태와 문장으로 요약하는 등 가장 단순한 틀을 갖추기 위해 시행착오을 반복했다.

그럴수록 삶은 점점 심플해졌다. 교안을 새롭게 작성할 때, 행사 기획안을 짤 때, 준비물을 체크할 때, 누군가를 상담해줄 때, 과제를 할 때, 요리를 할 때, 결혼식 사회를 봐야 할 때, 포토샵 단축키를 활용해야 할 때 등등. 이전에 적어둔 메모를 활용하니 시간을 단축할 수 있었으며, 더욱 우수한 작업물을 만들 수 있었다. 힘에 부치고 자신감이 떨어질 때는, 누군가 내게 해주었던 칭찬의 글을 살펴보며 위로를 얻을 수 있었다. 게을러지고 마음이 약해질 때면 예전에 적어둔 일기와 다짐을 보고 다시 힘을 낼 수 있었다.

그리고 무엇보다도 기록은 더 많은 걸 보고 생각할

수 있도록 도와주었다.

기록에서 예술까지

새로운 아이디어는 어디서 오는 걸가? 한순간에 우연히 생겨나는 걸까, 아니면 경험과 기억에서 나오는 걸까?

요리와 재료의 관계를 생각해보면 이를 이해하기 쉽다. 갖가지 재료로 만든 새로운 요리를 떠올려보자. 아무리 놀랍고 낯선 요리법이어도 없는 재료를 넣을 순 없다. 기존의 재료를 색다른 방식으로 재해석한 것이지, 마법처럼 뚝딱 가져온 게 아니다.

아이디어의 탄생도 같다. 전에 없던 참신하고 기발한 아이디어를 보며 새롭다고 하지만, 본질적으로 새로운 아이디어란 없다. 이미 머릿속에 들어 있는 경험, 학습 정보, 기억 등이 복합적으로 작용해 재조립된 것이다.

인풋에서 아웃풋이 나온다. 같은 미술품을 감상하는 의사와 건축가의 생각이 다른 것도, 서로의 배경지식이 가져온 결과다. 입력값이 다르니 결과물도 다를 수밖에.

여기서 주목할 점은, 아이디어를 도출하는 '정보와

지식의 상호작용'이 시너지를 일으킨다는 것이다. 눈덩이처럼 불어나는 복리 적금처럼, 정보와 지식은 늘어나면 늘어날수록 활용 가치와 범위가 무궁무진해진다.

곤충의 생김새를 보다가 우연히 고심하던 발명품의 영감을 얻거나, 무심코 건넨 친구의 말에 구상하던 사업 아이템 힌트를 발견하는 등 전혀 공통점 없는 두 분야가 서로 접목되기도 한다. 정보의 응용 범주가 넓어지는 것이다.

이처럼 편집되고 확장된 정보와 지식은 연결과 분리라는 수많은 가공과 조합으로, 생각지도 못한 새 분야의 활로를 열어준다. 정보의 활용점은 더욱 넓어지고 사고의 차원이 한층 높아진다.

스티브 잡스는 말했다. "창의력이란 여러 가지를 연결하는 능력"이라고. 그의 말마따나 독창적이고 창의적인 아이디어는 연결하는 힘에서 온다. 새로운 것은 없다. 혁신은 기존의 것을 새로운 관점에서 재구성하고, 비틀어보고, 해체하는 길에서 나온다.

지금 내가 쓰고 있는 이 글 또한 아주 사소한 메모의 결과물이다. 침대에 누워 머릿속에서 통통 떠오르는 몇 개의 생각을 적다가, 이내 의자에 앉아 정신없이 키보드를 두드렸다. 그날 밤, 무엇을 적었는지는 모른다. 메모는 진작에 지워진 지 오래며, 기억을 더듬어봐도 떠오르는 건 없다. 하지만 두근거리며 타이핑했던 감각은 선하다. 그날 밤의 메모에서 이 책이 탄생한 것만큼은 분명하다.

기록이란 건 실로 매력적이다. 사소하고도 대수롭지 않은 기록일지라도 시간이 지나면 결실을 맺는다. '심플'을 주제로 책을 쓰기로 결심한 이후, 평범하다 못해 시시한 경험과 사건에 의미가 부여되기 시작했다. 일상의 모든 것이 글쓰기의 재료로 다가왔다. 상대가 무심코 내뱉는 단어 하나하나, 문장 하나하나가 글쓰기의 힌트가 되었다. 거리의 풍경은 미술관을 연상시켰고, 버스 안은 낯선 여행지로 바뀌고, 자동차 경적은 음색을 띤 선율로 다가왔다. 내가 보고 듣고 만지는 모든 것이 새로운 감동으로 흡수됐다.

이쯤 되니, 기록은 이차원으로 표현되는 가장 멋진 예술이 아닐까 싶었다. 생각의 연결이 수없이 반복되면, 존재하지 않았던 무언가도 만들어 낼 수 있었으니까.

심지어 나는 메모를 통해 재능에 대해서도 생각해 볼 수 있었다.

나만의 재능

기록하는 방법에 대한 노하우가 쌓이자, 지인들에

게도 메모를 권하는 일이 잦아졌다. 가끔은 직접 기록한 글을 보여주며 나만의 메모법을 함께 설명해주기도 했다.

그즈음, 평소에 내가 한 메모를 유심히 지켜보시던 부장님께서 대뜸 이렇게 말씀하셨다.

"강균이는 재능이 많아."

그 말을 처음 들었을 때는 이해가 잘되지 않았다.

'재능이 많다고? 내가?'

물음표가 쉴 새 없이 떠올랐다. 이 말을 어떻게 받아들여야 할까? 나보다는 한 과장이야말로 출중하지 않나?

같은 교육팀원이자 동기였던 한 과장은 정말이지 못 하는 게 없었다. 강의면 강의, 노래면 노래, 행사 진행, 섭외, 멘트, 업무 센스 등 부족한 게 없었다. 그러면서도 요령 피우는 것 하나 없이 늘 성실했다. 또한, 일하는 내내 불같이 집중할 줄 알았다. 게다가 나보다 훨씬 어린 나이였으니, 한 과장을 보면서 감탄했던 적이 한두 번이 아니었다.

그런데 더욱 놀란 것은 몇 달 뒤, 한 과장의 말을 들었을 때였다.

"형은 대단한 것 같아요. 만약 형이 다른 부서로 간다면 엄청난 변화를 일으킬걸요?"

아니, 자꾸만 왜 이런 말을 하는 거야? 내가 무슨 재능이 있다고? 난 아무것도 없는데. 부족한 게 너무 많다고!

겸손한 척이 아니라, 그 당시의 나는 도무지 이해할 수 없었다. 그때 내가 맡은 일들이 내겐 너무나 벅찼으니까. 나는 강의도 못 하고, 교안도 못 짜고, 말도 버벅거리고, 체력도 약하고, 자신감도 부족했다. 무엇보다도 나는 한 과장보다 성실하지 못했다. 나보다 뛰어난 그를 보면서 늘 스스로의 부족함을 느끼던 차에 그가 그런 말을 했으니, 내가 그의 말을 믿지 못한 것은 어쩌면 당연한 결과였다.

내가 그의 말을 이해하게 된 것은 시간이 꽤 흐른 뒤였다.

어느 날 문득 이런 생각이 들었다. 내겐 당연한 게 남에겐 당연한 것이 아니라는 걸 깨달을 때, 그제야 내가 가진 재능을 알게 되는 것 아닐까.

나 혼자서는 알 수 없다. 남에게 없다는 것이 확인될 때, 내 안의 '평범함'이 비로소 '특별함'으로 재조명된다.

목소리가 큰 사람은 본인의 목소리가 우렁차다는 것을 언제 알 수 있을까? 자신의 목소리를 듣고 나서? 아니다. 남들의 작은 목소리를 수없이 듣고 난 후일 것이다.

내가 분위기 메이커라는 사실은 언제 깨우치는가? 자신이 분위기를 주도하는 사람이라는 걸 과연 스스로 깨달을 수 있을까? 아마도 소극적인 사람들 틈에서 여러 번 상황을 주도해본 후에야 알게 될 것이다.

그랬다. 나는 한 번도 내가 기록을 잘한다고 생각해 본 적이 없었다. 그게 재능이라고는 상상조차 한 적이 없다. 왜냐하면 내게 메모는 너무나 당연한 일이었으니까. 지극히 평범한 일이었으니까. 나는 남들도 다 그 정도는 한다고 생각했다. 그런데 남들에겐 아니었던 것이다.

그러니 남들의 눈에는 내가 '메모 잘하는 애'로 보였던 것이겠지. 결국 재능은 발견하는 게 아니라, 비견되는 거였다. 상대와 견줘보는 비교 검토를 거쳐 확인할 수 있는 것이 바로 재능인 셈이다.

이제는 알 것 같다. 재능은 면밀히 관찰하지 않고서는 발견하기 힘든, 그다지 특출날 것 없는 작은 차이점에 불과하다는 걸. 타인과 나의 사소한 차이에서 가치를 발견할 때, 그 미미한 차이를 더욱 벌릴 때 재능은 만개함을.

그런 점에서 재능은 '스스로 발견하기'보다는 '누군가로부터 발견되는' 경우가 많다. 그러니 당장 발견하지 못했다고 좌절하며 자기 자신에 대한 엄격한 잣대를 조금은 낮춰도 되지 않을까?

내가 가진 수많은 재능 중, 아직 평범함이라는 표지를 벗겨내지 못해 빛을 발하지 못하는 능력이 많을 테니까. 이 대수로울 것 없는 평범한 능력을 여기저기 부딪쳐 본다면, 그제야 알 수 있을 것이다. 정말로 평범한 능력인지, 아니면 남다른 무기인지.

내 손에 든 카드가 나를 승리로 이끌 패인지의 여부는 상대의 카드를 모두 펼쳐봐야만 알 수 있는 것처럼 말이다.

*

나 또한 모든 것을 다 기록하지는 않는다. 그것은 지나치게 성가시고 피곤한 일이다. 책을 읽을 때마다 과제하듯 내용을 요약하고 독후감을 작성하는 일, 논문 쓰듯 장황한 인생 계획을 세우는 일, 특강의 강연을 처음부터 끝까지 정리하는 일은 하지 않는다. 의미 없는 정보를 정리하고 모으는 일은 오히려 혹을 달고 다니는 격이다.

기록은 최대한 간결하게 한다. 배우고 깨달은 것 중에서 핵심만 채집하여, 최소의 형태와 문장으로만 남겨둔다. 가장 단순한 틀을 갖추되, 나만의 노하우를 집약한다. 기록만 해두는 건 의미가 없다. 정보는 기록됨으로써 재료가 되며, 정리됨으로써 무기가 된다. 정보는 거저 주어지지만, 기록하여 관리하는 건 온전한 내 몫. 기록과 저장은 단순한 필기가 아니다. 정보와 관계를 맺는 소통의 과정이다. 그리고 소통되는 정보만이 온전한 내 편이 된다.

물이 필요해

깨끗이 씻은 딸기를 하늘색 바가지에 담는다. 물기를 머금은 싱싱한 딸기가 꼭 봄비를 맞은 붉은 장미꽃을 보는 듯하다. 짙고 싱그러운 향은 더욱 진해져 공기를 진동하고, 내 몸을 봄으로 물들인다.

매미의 울음소리가 사방에서 들려오는 여름이 되면 그저 말없이 수박을 입안에 넣어 오물오물 씹어본다. 시원한 수박은 바람을 일으키는 것만 같다. 등을 타고 내려오던 뜨거운 땀방울을 솔솔바람으로 바꾼다. 어디선가 시원한 여름이 달려와 무더운 여름을 설득하는 것만 같다.

햇살을 담은 주황빛 감은 가을을 연주한다. 주렁주렁

매달아 놓은 감들은 달콤하게 익어가고, 들판의 곡식은 황금빛으로 넘실거리며 추수의 때가 왔음을 알려준다.

펑펑 눈이 내리는 겨울엔 소복소복 흰 눈이 세상을 덮는다. 가족들과 둘러앉은 쟁반 위에도 귤껍질이 쌓여 가는 것처럼.

과일을 먹는다. 고급 음식을 먹듯 천천히 음미하며. 각 과일이 가진 색깔마저 맛본다는 상상으로 입안에 터지는 과육을 느껴본다. 볼이 빨간 사과, 부드러운 노란색 바나나, 푸르고 짙은 멜론, 고혹적인 루주 빛 체리, 만년설 같은 망고스틴, 붉은 루비를 닮은 석류 등등.

선명하고 촉촉한 빛깔이 혀에서 톡톡 튀어 오른다. 음료수와 물로는 비교조차 안 되는 산뜻함이다. 자연의 맛이다.

*

자연위생학을 만나다

스물일곱 살의 화창한 가을. 나는 그날도 어김없이 도서관을 들락거리며 서적을 탐독하는 중이었다. 다니던 기계공학과를 자퇴하고 운동처방학을 전공한 당시의 나는, 생채식 · 단식 · 수면법 · 운동법 · 영양학 등 온갖 건강 관련 정보 수집에 푹 빠져 있었다.

마음에 드는 키워드를 찾기 위해 책 제목을 눈으로 훑으며 서가를 돌아다니는 게 나의 일상이었다. 그 당시 내가 관심 있던 키워드는 뿌리채소 고구마, 면역력, 항산화제, 장수법, 천연 식품, 자연식, 다이어트, 운동, 비타민, 세포, 체온 등이었다.

그러던 어느 날 낡은 책 한 권을 발견했으니, 마츠다 마미꼬의 『초건강혁명』이었다. 책은 어떤 비만한 일본인의 이야기로 시작한다. 쇼트케이크, 마카롱, 초콜릿 도넛, 커스터드푸딩, 레몬파이 등 온갖 달콤한 빵과 디저트를 즐기는 통통한 여성이 드라마틱하게 체중을 감량했다는 스토리다.

처음 읽는 책이 으레 그렇듯 별 기대 없이 페이지를 넘겼으나, 나는 곧 문장 한 줄 한 줄을 짚어가며 읽어나갈 정도로 이야기에 매료되었다.

신의 계시를 받는다면 이런 느낌일까? 먼 옛날 봉인되었던 비밀을 발견한 것만 같은 기분이었다. 오랫동안 펼쳐본 사람이 없었는지 책에서 전해지는 특유의 종이향이 코끝을 찔렀다. 동시에 팔다리에선 으슬으슬 닭살이 돋아났다.

숨죽인 채 책장을 넘기는 동안 내 머릿속엔 두 가지 생각뿐이었다.

'왜 지금에야 이 책을 발견했을까?' 같은 아쉬움과

'지금이라도 알게 돼서 다행이다'라는 안도감.

책은 그만큼 놀랍고 심취할 만한 구석이 가득했다. 책에서 다룬 '자연위생학'이라는 개념은 기존의 건강 상식을 완전히 뒤엎을 만큼 획기적이었다.

며칠 후에 자연위생학을 다루는 또 한 권의 책을 발견했다. 바로, 하비 다이아몬드의 『Fit for Life』(한국어 번역본: 『다이어트 불변의 법칙』). 이 책까지 읽고 나자, 자연위생학이야 말로 건강의 근간이자 사람의 몸을 이해하는 열쇠라는 걸 확신할 수 있었다.

체내를 깨끗하게

자연위생학(Natural Hygiene)의 원리는 간단하다. 자연의 자정작용과 같이 신체는 스스로 정화하는 힘이 있으며, 이러한 청결의 작용으로 건강이 유지된다는 것.

자연 그대로의 건강한 음식을 먹으면 좋겠지만, 편의와 맛을 고려한 사람의 입맛이 음식을 가만히 놔두지 않는다. 굽고, 찌고, 튀기는 등 음식을 변형시킨다. 그리고 소화 과정에서 독성 노폐물을 만든다.

이 노폐물이 적당한 수준이라면 자연히 없어지는데, 제거되는 양보다 더 많이 생성되는 것이 문제이다. 정화 능력을 초과한 독성 노폐물은 체내에 축적돼, 소화 체계 이상을 비롯한 다양한 문제와 비만을 초래한다.

이를 방지하기 위해선 더러운 화장실에 물을 뿌려 깔끔히 청소하는 것처럼 물로 씻어내야 한다. 그런데 단순히 물을 마시는 것만으로는 몸속 세포가 청소되지 않는다. 음식에 들어 있는 수분만이 이를 씻어낼 수 있는데, 대표적인 음식이 바로 과일과 채소이다. 특히나 과일의 풍부한 수분은 몸속 세포까지 들어가 독성 노폐물을 없애주어 해독 작용의 일등공신 역할을 톡톡히 해낸다. 결국 과일은 먹으면 먹을수록, 수분을 섭취하면 섭취할수록 신체는 청결하게 청소되어 건강해진다.

하지만 이러한 청결의 원리가 꼭 체내 건강에만 적용되는 이야기일까?

처음 자연위생학을 알게 됐을 때는 단순히 채소와 과일을 많이 먹어야겠다고만 생각했다. 그런데 시간이 지날수록 그것이 전부가 아님을 깨닫게 됐다. 자연위생학에서는 체내 청결(독성 노폐물 제거)로 건강을 이야기하는데, 나는 이 비움의 원리가 세상 모든 섭리와 현상에도 똑같이 흘러감을 느꼈다.

불필요하게 쌓아두고 정리하지 못한 물건은 나를 게으르고 우울한 사람으로 만든다. 부산스럽게 물건과 쓰레기로 뒤섞인 방에서는 정신이 흐트러진다. 집중이 안 된다.

마음은 어떠한가? 복잡하게 쌓아둔 생각과 갈등은 마음속 트라우마를 만든다. 청산되지 않은 인간관계는 피해의식을 낳고, 후회로 물든 인연은 미련과 집착을 남긴다.

시간과 습관도 마찬가지다. 해야 할 일을 제때 마치지 못한 태만이, 결국 피로와 부담감으로 되돌아온다.

결국, 심플만이 답이다. 쌓아두는 것은 문제를 일으킨다. 물건도, 일거리도, 관계도, 감정도, 몸속 독소까지도. 그러니 비워내야 한다. 물로 씻고 닦아 내야 한다. 그래야 깨끗해진다. 건강해진다. 하지만 버린다는 건, 물로 씻어낸다는 건 참으로 어렵다.

왜? 살던 대로 사는 게 편하니까, 이미 익숙해진 지 오래니까.

라면을 즐겨 먹는 사람의 찬장 안은 라면 봉지가 수두룩할 것이다. 싱크대엔 라면 전용 양은 냄비가 있을 것이고, 냉장고 안에는 라면에 넣고 끓일 파와 계란이 준비돼있을 것이다. 고기를 좋아하는 사람이라면 아마도 맛집으로 소문난 고깃집 리스트가 정리되어 있을 것이다. 좋아하는 부위를 외우고 다닐지도 모르겠다.

나는 밀가루 음식을 참 좋아한다. 라면과 고기는 찾아 먹지 않지만, 밀가루라면 사족을 못 쓴다. 동네 빵집은 이미 다 섭렵한 지 오래고, 블로그나 유튜브에서 유행하는 신상 빵을 열심히 살펴본다.

사람은 결국 먹어온 대로 살아간다. 라면이나 고기, 밀가루처럼 일반적인 음식도 사람에 따라 다르게 인식하기 마련이다. 과거에 어떤 경험이 있었는지에 따라 누군가에겐 군침 도는 음식이 누군가에겐 먹기 부담스러운 메뉴가 된다.

사람은 살아왔던 대로 살아가는 존재이다. 식습관이 취향이 되고 식성으로 자리 잡듯, 경험은 가치관으로 굳어져 신념이 된다.

누군가에겐 드라마가 좋아하는 음식과 같다. 안 보면 답답하다. 보고 싶어 몸이 근질거린다. 새로운 드라마가 시작했으면 기어코 봐야만 속이 풀린다. 날 잡고 밀린 드라마를 쭉 몰아봐야 제대로 된 휴일을 보낸 것만 같다. 그런데 다른 누군가에겐 드라마는 조금의 관심거리도 아니다. 대신 그에겐 게임이 너무나 끊기 힘든 강렬한 유혹이다. 온 관심이 게임에 머물러 있다.

그럼 여기서 하나 질문. 식생활에도 '정도'라 할 수 있는 채소나 과일과 같은 건강한 음식이 있다면, 삶에도 '정답'이라 할 수 있는 바른길이 존재하지 않을까?

체내를 청결하게 만드는 물처럼, 내 삶을 청결하게 씻어 주는 물과 같은 무언가가 존재하진 않을까?

다만 그게 무엇인지 아직 발견하지 못했기 때문에

인식하지 못하는 게 아닐까. 빛을 보기 전까진 자신이 어둠 속에 있었음을 알 수 없는 것처럼.

사람을 물 한 잔에 비유한다면, 컵에 든 물을 사람의 정신과 생각이라 한다면. 더러운 한 잔의 물을 깨끗한 물 한 컵으로 바꾸기 위해서는 다음의 다섯 가지 단계를 거쳐야 한다.

① 인식하기
② 버리기
③ 씻기
④ 찾기
⑤ 채우기

먼저는 컵 안에 담긴 물이 더럽다는 것을 인식해야 한다. 그래야 컵을 비워야겠다는 생각이 들 테니 말이다. 이후엔 컵에 든 더러운 것을 버려야 하며, 깨끗한 물로 씻어내야 한다. 그다음으로는 깨끗한 물을 찾아서 다시 컵을 채워야 한다.

이렇게 깨끗한 컵을 만드는 과정은 사람을 변화시키는 과정과도 똑같이 적용된다.

내 생각에 잘못된 부분이 있다면, 가장 먼저는 그게 무엇인지 볼 줄 알아야 한다. 내가 정답이라고 여겨왔던 가치관과 신념, 이념 등이 정말 옳은지 그른지를 구분할 줄 알아야 한다. 만약 잘못된 것이 있다면 비워내야 할 것이다. 마치 컵에 든 더러운 것들을 버려내듯이. 다음으로는 씻는 과정이다. 바른 가치와 가르침으로 사람의 잘못된 편견, 오해, 선입견을 걸러내야 한다. 그리고 찾아서 배워야 한다. 스스로의 깨달음이 아닌, 바른 이치를 전해주는 교육자에게 올바른 내용을 배워야 한다.

그리고 아이러니하게도 일련의 다섯 가지는, 모두 동시에 이루어진다. 서로 연결되어 있다.

진정 깨끗한 물이 무엇인지 알아야만 더러움을 분별할 수 있고, 버릴 수 있으며, 씻은 후에 다시 채울 수 있으니까. 이는 단순히 체내를 건강하게 하는 과정뿐만 아니라 인간관계 및 교육 등 모든 만물에 적용되는 원리이다.

그러니 사유해보지 않을 수 없다. 내 삶이 옳은 삶인지 잘못된 삶인지, 참다운 방식으로 살고 있는지 끊임없이 의심해야 한다.

나를 가장 단순하게 만들어 줄 물은 무엇일까?

Stage 4

해피 엔딩을 향하여

LOADING...

심플의 반환점을 돌았다면

심플은 비움이다.

물건을 버리고, 습관을 고치고, 관심사를 줄이고, 시간을 되찾고, 에너지를 아끼고, 건강을 회복하고, 마음의 안정을 가지며 모든 쓸데없는 것을 비우는 일이다.

이렇게 다 버리고 나면 무엇이 남을까?

삶이 심플해지면 무엇이 달라질까?

삶의 가벼움, 활력, 홀가분함, 여유, 청결과 정돈, 건강 등을 얻을 수 있다. 일과 가정, 취미 생활, 인간관계 등 삶의 여러 부분이 이전보다 수월하게 흘러간다. 심적으로도 안정감을 크게 느끼며, 효율적인 시간 활용으로 더욱 많은 자유를 누릴 수 있다.

그러나 심플하게 살아서 부자가 됐다거나 완벽한 삶을 살게 됐다거나 같은 드라마틱한 변화를 꿈꾼다면 실망할 수도 있겠다. 심플이 삶의 모든 것을 변화시켜 주지는 않는다.

하지만 심플은 삶에 물음 하나를 던진다.

'나는 왜 심플해지고 싶은가?'

그간 물건을 버리기만 하던 나는 이 질문을 통해 삶의 의미를 되돌아보게 됐다.

나는 왜 심플한 삶이 좋을까?

왜 물건을 버리고 복잡한 삶을 끊어냈을까?

답은 간단하다. 지금의 삶에서 불필요한 것이 있음을 느꼈기 때문이다. 그것이 물건이든, 시간이든, 사람이든, 가치관이든, 다른 무엇이든.

하지만 여기까지는 겨우 심플의 첫 페이지를 넘겼을 뿐이다. 정말 중요한 이야기는 지금부터 시작이다. '버리기'에서 그쳤던 심플은, '채움'으로 나아갈 때야 비로소 새로운 궤도로 접어든다.

*

심플의 목적

우연히 유튜버 Mickey Seo의 '영어 회화를 잘 하는 비법' 영상을 본 적이 있다.

갑자기 '웬 영어 이야기를 하는 거람?' 하고 의아할 수도 있겠다. 그러나 나는 그의 이야기를 들으며 영어를 조금도 생각하지 않았다. 그가 전한 것은 영어 회화의 비법이었지만, 내가 느낀 것은 모든 성장과 성취의 원리였다. 그리고 그 안에는 심플의 이유가 담겨 있었다.

그는 영상에서 이렇게 말했다.

"영어를 잘하는 사람들은 공통점이 하나 있어요. 바로 노력이 필요한 '상황' 속에 들어갔던 사람이라는 거예요. 영어를 잘하는 사람이 누구일까요?

먼저 당연히 원어민이 있겠죠. 원어민의 경우 태어나면서부터 영어를 말해야 하는 상황에 있었어요. 둘째로 유학생들. 그들 또한 영어로 이야기해야 했죠. 마지막은 영어 선생님이나 기타 등등의 사람들. 이런 사람들은 영어를 가르쳐야 했거나, 미국의 어떤 콘텐츠를 좋아해서 관련 영상을 시청하고 따라 하는 상황에 속했던 사람들이에요.

무슨 말을 하는 거냐면요. 이 사람들은 모두 영어가 필요한 사람이었어요. 영어를 말해야 하는 각자의 이유와 환경 속에서 언어가 '수단'으로써 쓰인 거예요. 미국 드라마를 본다거나 영어 토론을 한다거나 하는 여러 이유로 영어를 이해해야만 했고, 그 강력한 필요성이 요구되는 '상황'에 처해 있었던 거죠.

'영어를 배워야겠어'라고 생각하고 학습한 게 아니라, 상황 속에 맞춰가다 보니까 영어라는 수단이 필요를 따라오게 된 거예요. 이처럼 목적을 이루기 위한 수단일 때 영어가 느는 거지, 영어 자체가 목표가 되면 안 돼요. 중요한 것은 '동기'예요. 나라는 사람을 영어가 필요한 환경 속에 집어넣어야 해요."

Mickey Seo의 말은 간단하다. 영어를 목적이 아닌 수단으로 두고, 단순히 영어 실력 증진을 목표로 삼기보다는 영어로 이루고자 하는 다른 목표를 가지라는 말이다. 그래야만 강력한 동기부여가 일어난다고 설명한다.

심플 또한 마찬가지다. 심플한 삶을 추구하는 것은 내 목적을 이루기 위한 수단일 뿐이지, 심플 자체가 목적이어선 안 된다. 미니멀리스트를 꿈꾸는 많은 사람들이 놓치는 부분이 바로 수단과 목적의 전복이다. 심플함을 목적으로 두고는, 수단으로 '버리기'를 반복할 뿐이다. 그러나 심플함은 삶의 목적이 아닌, 수단이다. 내가 '심플해지고 싶다'는 마음을 본격적으로 먹은 것도 심플해야만 하는 상황이 먼저 있었던 것이지, 막연히 '심플해져야지'와 같은 이유로 시작한 게 아니다.

채울 게 있어야 버릴 게 보인다. 무엇을 버리고 줄일

지 고민하는 과정에서 필요한 것은 무엇을 '더할까'에 대한 고민이다. 삶을 무엇으로 채울지가 먼저 보여야만 버릴 것이 보인다.

심플은 도착점이 아니다. 내가 바라고 지향하는 삶에 맞춰가기까지의 여정이자 수단이다. 무엇을 얼마나 버리든 그게 대수랴. 빛나는 것은 변화되는 내 모습이지 버려지는 것들이 아니다. 버리기보다 중요한 것은 채우기. 채워야 할 것을 정확히 깨달으면 삶은 자연히 심플해진다. 심플의 시작은 비우기부터겠지만 그 완성은 채움에 있다. 단순히 비워서 좋은 게 아니라, 비운 후에 내게 진정 필요한 것들로 채울 수 있는 일이 좋은 것이다.

이 책을 집어 든 사람이라면, 심플 라이프에 관심을 두게 된 각자만의 크고 작은 계기나 목적이 있을 것이다. 지금껏 삶을 간결하게 만들어가며 버리고, 비우고, 고치고, 정리한 이유. 가랑비에 옷 젖는 줄도 모르고 낭비하던 시간과 돈과 에너지를 '중요한 일'에 쏟기 위한 나만의 이유.

여기까지 왔다면 진지한 의문이 생길 수밖에 없다.

그럼 나는 무엇을 채워야 하는가?

무엇을 채워야 할까?

허전함이 스며든다.

일을 마치고 퇴근하는 길. 주말에 친구와 신나게 논 뒤 집으로 돌아가는 버스 안. 새벽까지 깨어 있다가 정오를 훌쩍 넘어서야 눈을 뜬 나른한 오후. 마트에서 장을 마치고 돌아가는 휴일의 오후 4시. 드라마나 소설의 마지막 장면을 본 어떤 하루. 떠들썩했던 모임을 끝내고 밤늦게 마주한 고요의 내 방.

헛헛한 마음이 밀려온다. 심심함을 견디는 게 괴롭고, 욕망을 억누르기가 어렵다. 쓸쓸함과 외로움을 달랠 처방전이라고는 자극뿐이다. 텔레비전 예능 프로그램이나 드라마, 영화를 보면서 입으로는 먹거리를 우걱우걱 탐닉한다.

아니면 게임을 하거나, 술을 마시거나, 훌쩍 떠나거나, 책과 웹툰을 보고, 운동하고, 친구를 만나고, 모임에 참석하고, 쇼핑과 데이트를 즐기며 맛집을 찾는다. 몸과 정신이 쉴 틈 없이 이곳저곳을 쏘다닌다.

그래봤자 즐거움은 순간이다. 처음에만 신선하고 짜릿할 뿐. 반복된 자극은 질리기 마련이고, 새로웠던 경험은 일상의 영역으로 물들어 버린다. 삶은 또다시 무미건조해지고 스트레스가 차오른다. 울적해진 기분을 달래기 위해 뭔가를 꾸역꾸역 채워 넣지만, 몸만 거덜 나는 느낌이다.

정말 이것이 삶의 전부일까? 잠시 잠깐의 즐거움과 자극으로 나이만 먹는다고 생각하니 끔찍하다. 지속적으로 날 채울 수 있는 것은 무엇일까? 어디에 있을까?

욕망이라는 이름의 열차

20대 중반, 게임에 중독됐던 적이 있다. 처음엔 그저 밤 11시에 잠들던 일상이 11시 30분이나 40분 정도로 늦춰지는 정도의 작은 파도에 불과했다.

하지만 이 작은 파도가 큰 쓰나미가 되기까지는 그리 오랜 시간이 걸리지 않았다. 주 5회 하던 운동이 4회에서 다시 3회로 줄어들었다. 대출한 도서관 책을 읽지도 않고 반납하는 횟수가 잦아졌고, 연애 세포는 점점 사그라들었다. 남들이 새로운 친구를 사귀고 바깥 활동을 즐기는 동안 나는 홀로 방에 앉아 컴퓨터 화면을 주시했다.

이쯤에서 정신을 차려야 했다. 생활의 적지 않은 부분이 다른 방향으로 흘러갔지만 아직은 되돌릴 수 있었다. 하지만 욕망에 이끌린 즐거움은 상상 이상으로 달콤했고, 영혼을 파고든 욕망 다발은 이미 삶의 한 축을 잠식하고 있었다.

컴퓨터 앞에서 보내는 시간이 점점 늘어났다. 평소에는 그토록 멀리하던 과자, 빵, 컵라면, 음료수가 배 속으로 들어갔다. 먹는 양이 줄어 점점 야위어가는 몸과 달리, 허리둘레는 날로 성장을 거듭했다. 탄탄한 근육 대신 마시멜로 같은 지방이 배와 옆구리에 붙더니 떨어질 줄 몰랐다.

마약에 빠지면 이런 기분일까 싶은 생각이 들 정도로 종일 게임 생각이 떠나질 않았다. 게임을 하는 동안은 로또 1등이라도 당첨된 듯 아드레날린이 솟구쳤다. 쾌락을 대가로 악마에게 영혼이라도 저당 잡힌 사람처럼 점점 정신이 흐리멍덩해졌다.

시곗바늘이 빠르게 지나가는 게 느껴졌다. 그러나 그것도 잠시, 곧 시간의 흐름에도 무감각해졌다. 오늘이 무슨 요일이고 며칠인지 궁금하지 않았다. 알려고 하지도 않았다.

곧 게임 외에는 모든 것이 귀찮아졌다. 아무것도 하고 싶지 않았다. 부재중 통화? 문자 메시지? 매일 밤 챙겨보던 웹툰? 그런 건 이미 진작에 잊은 지 오래였다.

수면 시간은 갈수록 줄어들었다. 20시간 넘게 깨어 있었으면서 서너 시간만 자도 눈이 절로 떠졌다. 눈은 좀 뻑뻑했지만 그런대로 견딜만했다. 수면보다 레벨 업이 더 중요했다.

밤새 게임을 한 뒤 겨우 잠자리에 들면 이명과 함께 환청이 들렸다. 온몸의 근육과 세포에서 비명이 끊이질 않았고, 눈은 피로하다 못해 찢어질 것 같았다. 마치 누군가 보이지 않는 실로 눈 끝을 연결하여 무거운 추를 매단 것 같았다. 잠을 거부하는 몸은 조금씩 생명력을 잃어가고 있었다.

내 몸은 마치 충전지 같았다. 하루나 이틀 정도 컴퓨터 앞에서 완전히 방전될 때까지 에너지를 쏟아낸 후에, 새벽녘이나 오전이 다 되어 슬그머니 침대로 기어가는 배터리. 극심한 피로가 짓눌렀지만 몇 시간만 자면 바로 완충이 됐으니 침대의 충전 효과는 매우 뛰어났다. 방전과 완충. 방전과 완충. 그리고 다시 방전과 완충……. 내 바이오리듬은 사인(Sine) 그래프처럼 극과 극을 왔다 갔다 했다. 몸을 거덜 내는 최고의 방법이었다.

확실히 이런 상태로 오래 머무는 것은 위험할지도 모른다. 내 몸이 어디까지 버틸지 알 수 없다는 걸 알지만 늘 생각뿐이다. 멈출 수가 없다. 육체는 이미 쾌락의 불꽃에 지배된 지 오래다.

시간이 더 흐르자 현실과 게임 세계가 뒤바뀌는 듯한 착각이 일었다. 현실은 꿈처럼 멀어졌고, 게임 속 세상이 현실보다 더욱 생동감 있게 느껴졌다. 마치 현실을 뒤로하고 '욕망'이라는 열차에 탑승한 기분이었다.

창밖을 스쳐 지나가는 현실의 풍경이 거짓말처럼 느껴지고, 내가 탄 열차 속 세상이 진짜 현실 같았다. 강의에 출석하고 리포트를 제출해야 하는 대학 생활이 풀밭을 기는 개미보다도 사소한 일처럼 느껴졌다. 그것은 귀찮음도 게으름도 아니었다. 일종의 '상실감'이었다. 현실 세계의 모든 감각이 소멸하는 듯한, 말로 표현하기 힘든 환상의 기분.

현실 세계가 내 안에서 천천히 붕괴되고 있었다. 욕망의 열차는 기찻길을 따라 빠르게, 더 빠르게 달렸다. 도저히 열차에서 내릴 수 없었다.

열차 안의 세계는 가짜라는 것을 나는 분명히 알고 있었다. 되도록 빨리 내려야 한다는 것 또한. 하지만 온몸에 전이된 쾌락이 정신을 붙잡고 놓아주질 않아서 내 의지로는 내릴 수 없었다.

스멀스멀 공포감이 엄습하며 점점 불안해졌다. 그러는 동시에 궁금증이 들었다.

이 열차의 종착역은 어디일까? 무엇이 기다리고 있을까?

그리고 나는 이제, 어떻게 되는 걸까?

*

열차의 종착역

게임 이야기를 했지만, 욕망의 열차는 비단 게임만이 아니다. 앞서 이야기한 영화, 드라마, 소설, 술, 여행, 쇼핑, 데이트, 맛집, 모임 등 세상의 모든 여가 활동과 소비의 정점에는 허무하고 황량한 풍경이 기다리고 있었다.

욕망은 순간이었다. 이루고 나면 늘 시시해졌다. 축제의 열기가 깡그리 식어버린 거리처럼, 간밤의 달콤했던 꿈에서 깬 것처럼 허탈하고 씁쓸했다. 일시적 즐거움과 일락에 빠져 덧없는 시간을 보낸 뒤 찾아오는 텅 빈 시간은 어찌나 쓸쓸하던지…….

욕망으로 점철된 삶은 흡사 가공식품에 길든 식생활과 같았다. 달콤하고 짭조름한 맛에 익숙해진 혀는 더욱 강렬하고 자극적인 맛을 찾아다니게 된다. 보다 짜릿하고 불건전한 향락에 길드는 육체와 정신처럼. 해롭고 자극적인 음식을 탐미하는 혀는 일순간의 달콤함을 누리겠지만 그 결말은 비대해진 몸과 병든 육체다. 욕망도 동일하다. 잠시 잠깐의 즐거움 뒤엔 헛되고 비참한 마음만이 남아 가슴이 먹먹해진다.

사람의 몸과 마음과 정신은 모두 연결돼있음을 느낀다. 해로운 음식을 먹으면 건강을 잃고 살이 쪄 움직이기 싫어지는 것처럼, 잘못된 생각을 먹음으로 정신이

타락하고 나태해져 아무것도 하기 싫어진다. 정신 또한 비만해지는 것이다.

그러나 이 모든 것을 깨달아도 욕망에 마음을 뺏기지 않는 건 너무나 어려운 일이다. 세상에는 욕망의 열차가 무수히 많다. 반복된 자극에 질려 열차의 종착역에서 내린다고 할지라도, 또 다른 욕망의 열차로 갈아타고 말 것이다.

게임의 종류만 해도 수백만 개가 넘으며, 드라마, 영화, 사람, 여행, 물건, 예술, 스포츠, 문화 등 삶에는 무한대에 가까울 만큼 즐길 거리가 가득하다. 이를 즐기는 것이 잘못은 아니지만 지나치게 빠져드는 건 문제가 된다. 게임 자체는 문제가 아니지만, 게임 중독은 문제인 것처럼.

뭐든 과한 것은 해롭다. 과하게 먹는 게 건강을 해치듯, 늘어지게 자고, 늘어지게 놀고, 늘어지게 게을러지는 일. 넘치는 것은 언제나 그 끝이 좋지 못하다.

그러니 삶에는 욕망에 대항할 지원군이 필요하다. 하늘에 닿는 기상과 첨예한 무기를 지닌 군사. 무장된 군사야말로 욕망에 맞서 싸울 마지막 카드가 된다.

나는 알고 있다. 그간의 미련한 삶으로 이것 하나만은 확신할 수 있다. 욕망만이 답은 아님을. 흔히들 말하는 잘 먹고 잘 사는 삶. 이것이 전부가 아님을.

나는 펜을 꺼내 욕망이라는 단어를 두 줄로 찍찍 그었다. 그리고 그 옆에 다른 두 글자를 적었다.

행복.

이제 이 단어를 말할 차례다.

모퉁이에서 마주친 행복

살면서 가장 많이 듣는 말은 무엇일까? 단순하게 생각하면 각자의 이름일 수도 있겠고, 사회인이 되면 직장 내 직책으로 자주 불릴 것이다. 그렇다면 가장 많이 듣는 바람이나 소원은 무엇일까? 짐작건대 "행복하게 살고 싶다"라는 말일 것이다. 그만큼 행복은 삶을 사는 한 늘 고민하면서도 추구하게 되는 가치가 아닐까?

여기서도 행복, 저기서도 행복, 행복이란 두 글자가 공기 가운데 쏟아져 온 사방을 돌아다닌다. 행복 특강, 행복 에세이, 행복 다큐멘터리, 행복 상담소, 행복 콘서트, 행복 연구, 행복 인문학 등 온갖 행복 이야기와 이론이 곳곳에 진을 치고 있다. 타인의 행복, 나의 행복,

내면의 행복 등 행복하고 싶다는 마음이 내 옷깃을 붙잡고 졸졸 따라온다.

나는 수많은 책과 영상을 찾아보고, 생각에 잠기고, 글을 쓰고, 여러 사람에게 묻는 방식으로 행복을 추적했다.

"행복이 무엇이라고 생각하시나요?"

저마다 의견은 달랐지만 늘 나오는 대답이 있었다.

"행복이란, 내가 진정 좋아하는 일을 찾아 성취감을 맛보는 거 아닐까?"

나는 이 말에 전적으로 공감했다. 20대 중반부터 10년 간은 좋아하는 일이야말로 행복의 근원이라고 확신했다. 특강의 강연자, 무대 위 가수, 스크린 속 배우가 전하고자 하는 메시지는 모두 같았다. 나이가 지긋한 교수님과 주변 친구 및 선배들도 한결같이 말했다.

"좋아하는 일을 찾아야 행복해질 수 있습니다!"

그럴듯한 에세이의 문장이나 자기계발서의 성공 법칙, 소설 속 주인공의 대사, 산문의 깨달음, 인문학 서적, 시집 등 숱한 책들도 어김없이 행복으로 향하는 길을 안내했다.

'가슴이 뛰는 일을 하세요, 내가 진정 원하는 일을 찾으세요'와 같은 문장들. 그것은 속삭이는 남녀의 밀어만큼이나 달콤하고 따스했다.

정말 그럴까? 내가 좋아하는 일을 하면 행복해질까? 동화 속 마지막 장면처럼, 그리고 모두 행복하게 살았다는 말처럼 평화롭고 행복하게 끝나는 걸까?

나는 이렇게 묻고 싶다.

내가 진정 좋아하는 일이 무엇인지 알 수는 있을까?

행복의 정의 하나 못 내리면서, 혹은 그때그때 바뀌는 그럴듯한 신념과 기준을 행복이라 애써 믿으면서, 좋아하는 일을 찾는 것이 행복이라 확신할 수 있을까?

*

종종 이런 고백을 듣는다.

"저는 진심으로 행복해요. 제가 정말 원하는 일을 하고 있어요. 하루하루가 기적이지요. 행복을 찾았답니다."

자신이 좋아하는 일을 하기에 이구동성으로 행복하다며 노래를 부르는 사람들. 그림을 그려서, 학생을 가르쳐서, 상담을 해서, 행사를 기획해서, 남을 도와줘서, 공정한 사회를 만들어서, 감동의 공연을 펼쳐서, 제품을 개발하고 디자인해서, 여러 콘텐츠를 제작해서, 사람들에게 기쁨과 즐거움을 줘서, 글을 써서, 요리해서 등 각자의 행복 멜로디가 화음을 이룬다.

맞는 말이다. 그들의 행복을 부인할 마음은 없다. 자신이 좋아하는 일을 하며 성취와 보람을 느끼는 삶이 행복을 가져다주는 것에는 나도 충분히 공감한다.

그런데 문제는 이 '좋아하는 일'이다.

지금 내가 좋아하는 일이, 진정 내가 원하는 일일까?

확신한다면, 그 근거는 무엇인가?

좋아하는 일을 찾았다고 자부하지만, 과연 그럴까?

죽었다 깨어나도 좋아하는 일을 찾을 수 없다

좋아하는 일을 찾는 것은 옷 고르기와 비슷하다.

처음부터 자신이 진정 원하는 완벽한 일을 찾을 수 있을까? 해보지도 않고 상상만으로? 불가능하다. 이것은 마치 옷을 입어보지도 않고 내게 가장 어울리는 옷을 찾았다는 말과 같다.

나에게 어울리는 옷인지 알기 위해선 먼저 입어봐야 한다. 와인색 니트도 입어보고, 검은색 조끼도 두르고, 갈색 코트도 걸쳐보면서. 사이즈마저 자로 잰 듯 내게 딱 맞아야 하니 입지 않고는 도저히 확인할 재간이 없다.

일도 마찬가지다. 처음에는 관심 분야의 일을 하면서 자신이 원하는 일에 대한 이상을 구체화할 필요가 있다. 일하지도 않고 상상만으로 가늠하는 데에는 한계가 있다.

그런데 내가 정말 좋아하는 일이라는 게 존재는 할까?

생각은 늘 변한다. 내가 좋아하는 옷, 텀블러, 브랜드, 음료, 기호 식품, 책, 노래, 디자인, 취미, 가치 등 모든 것은 언제고 뒤바뀔 수 있다. (심지어 사랑하는 사람마저도!) 내 마음과 감정은 순간에만 충실할 뿐 영원하지 않다.

일 또한 변하는 건 마찬가지. 지금은 마음에 드는 일이라 해도 언제까지나 가장 좋아하는 일로 남는다는 보장은 없다. 아무리 좋아하는 일이라도 시간이 지나면 다른 형태로 변하거나 발전되는 케이스가 대부분이다. 또한, 생각지도 못한 분야에서 즐거움을 느껴 직업을 바꾸는 경우도 많다.

내가 경험해보지 못한 것이 어쩌면 나에게 딱 맞는 일일지도 모른다. 하지만 사는 동안 모든 경험을 할 수 있는 사람은 없기에 많은 사람들이 자신이 경험한 일에 한해서 '이 일만이 내 천직이야'라고 착각하곤 한다. 진정으로 좋아하는 일이란 건 애초에 찾기 힘든 것일지도 모른다.

세상의 수많은 옷 중에서 내게 가장 어울리는 옷을

찾을 수 있을까? 그 많은 옷을 다 입어볼 수도 없으며, 이 옷 저 옷을 입을 때마다 생각이 달라질 것이다.

나름대로 만족스러운 옷을 고를 수는 있겠지만, 어디까지나 현시점에서의 취향과 생활 스타일이 반영된 결과다. 시간이 지나 가치관이 바뀌면 또다시 다른 옷을 찾게 된다.

좋아하는 일은 찾는 게 아닌 만들어가는 것

『몰입』의 저자 황농문 교수는 말한다.

"김연아 선수와 이창호 기사가 처음부터 피겨스케이트, 바둑을 좋아하진 않았을 것이다. 진정으로 좋아하는 일은 노력해서 만들어가는 것이다."

20대 끝자락에 읽었던 이 문장은 늘 내 마음속에 박혀 있었다. 시간이 갈수록 나는 '내가 좋아하고 사랑하는 일이란 찾는 게 아니라 만들어가는 것'임을 분명하게 깨달을 수 있었다. 좋아하는 일을 해야 행복해지는 게 아니라, 하는 일을 좋아해야 행복해진다는 것을.

무슨 일이든 오랜 시간을 쏟아부으면 재밌어진다. 시간을 들일수록 이해가 깊어져 몰입도가 높아지는 까닭이다. 수학을 싫어하는 학생이라도 몇 날 며칠을 공부해서 좋은 성적을 거둔다면, 분명 수학에 재미를 느길 것이다.

세상의 모든 것은 아는 만큼 보이고 느껴진다. 도통 관심이 없고 나와 상관없는 일이라도, 원리와 규칙을 이해하고 본질을 깨닫는 과정에서 재미가 생기고 좋아하는 일로 발전할 수 있다. 등산을 안 좋아하는 게 아니라 등산의 즐거움을 모르는 것이고, 운동을 싫어하는 게 아니라 운동의 효과와 매력을 체감하지 못한 것이다.

웨인 다이어는 그의 책 『오래된 나를 떠나라』에서 "본질적으로 유쾌하거나 불쾌한 것은 없으며, 모든 것은 습관에 따른 것이다"라고 했다.

그렇다. 재미와 즐거움은 내게 전달되지 않는다. 내가 느끼는 것이다. 내 세포가 반응하는 것이고 그 세포를 만드는 주체는 나 자신이다. 시간이 지나면 남는 것은 '무언가에 반응하는 나'뿐이다.

행복은 내 안에 있다. 내가 하는 일을 좋아하는 일로 만들어가는 내 삶에 있지, 일에 있지 않다. 내가 좋아하는 일을 하고 말고는 그리 중요치 않다. 그것은 성공과도 관련이 없으며 행복에도 영향을 미치지 않는다.

바이올린으로 성공한 사람이 있다고 하자. 과연 그가 바이올린을 했기 때문에 성공한 것일까? 그는 처음부터 바이올리니스트로 태어난 것일까? 그렇지 않다.

살다 보니 바이올린이 좋아진 것이고, 그의 성공엔 다른 원인—연습과 노력, 운 등—이 작용한 것이다. 본질은 그 '사람'이지, '바이올린'이 아니란 것이다.

일에는 행복이 없다. 옷 찾기에 정답이 없는 것처럼, 일에서 아무리 행복을 규명하고 탐색해도 그 실루엣 하나 살펴볼 수 없다. 일에서 행복을 찾는 것은 잡힐 듯 잡히지 않는 무형의 허상을 좇는 일. 진정 좋아하는 일을 찾겠다고 헤맨들 평생을 행복만 좇다 끝나버린다. 산천초목을 헤매는 보물찾기와 다르다. 애초부터 찾을 수 있는 성질의 것이 아니다.

'이제는 진짜 행복해'라고 느끼는 순간 어느새 저만치 달아나 있는 게 행복이다.

그러나 진짜 전하고 싶은 말은 따로 있다.

나는 일하는 태도와 마음가짐을 말하려는 게 아니다. 긍정적인 마음으로 삶과 일에서 의미를 발견하고, 나다움을 찾고, 감사와 행복을 느껴보라는 흔하디흔한 이야기가 아니다. 고작 이것을 말하려고 긴 이야기를 시작한 게 아니다.

행복을 서술하기에 앞서 먼저 '좋아한다'는 말의 의미를 짚고 넘어가는 것이 중요하다.

지금 내가 좋아하는 커피, 사진, 강아지와 고양이, 구두, 노래, 민트색, 떡볶이 등 취미와 기호는 물론, 내가 사랑하는 사람과 직업에 이르기까지 모든 좋아하는 것들. 나와 긴밀하게 연결된 생각과 장소와 시간.

나는 이것을 좋아하는 것인가, 아니면 좋아하게 된 것인가?

내가 만들어낸 '어떤 행복'

무언가를 좋아한다는 것은 '나를 바꿔 가는 길'을 걷는 것이다. 사람들은 좋아하는 대상이 생기면, 그 대상을 향해 끊임없이 관심을 기울이며 생각과 감정을 공유한다. 그렇게 나는 점점 내가 원하는 방향을 닮아간다. 내가 좋아하는 대상과 나 사이에 교집합이 많아지고, 결국 나는 새로운 감각으로 채워진다.

만약 내가 달리기를 좋아하는데 오늘 처음 만난 사람도 나처럼 달리기를 좋아한다면? 낯선 사람임에도 친구를 만난 듯 대화가 잘 통할 것이다. 둘에겐 이미 달리기라는 공통분모가 자리 잡고 있어 쉽게 친해질 수 있기 때문이다.

즉, 내가 좋아하는 것은 곧 나다. 현재의 나는 좋아하고 흥미 있는 것을 취사선택한 총합이다. 체험하고 배운 것으로 빚어진 결실과 살아온 날이 모이고 모여 지금의 나를 이뤘다. 관심사, 성격, 직업, 친구, 신념 등 모든 것이.

결국 지금의 내 정체성과 내가 좋아하는 것이 처음부터 내 것은 아니었다는 사실이다. 본래 나는 아무것도 아닌 존재였다. 흘러온 삶이 오늘의 나를 만들었을 뿐. 내가 천직이라 여기는 현재의 직업 역시 스쳐 지나간 과거의 소산이다.

만약 내가 다른 나라에 태어나 교육받고 자랐다면, 부모님이 달랐다면……. 지금의 내 취미, 외형과 체격, 패션, 직업, 종교, 가치관이 같았을까? 스티브 잡스의 아버지가 자동차 수리공이 아닌 피아니스트였다면? 우리가 아이폰을 쓰기까지는 더 오랜 세월이 걸렸을지도 모른다.

현재의 구축된 삶은 스스로 만들어낸 세계에 불과하다. 우리들 각자가 정답을 고른 게 아니라, 선택한 답을 정답으로 생각한다는 말이다. 가령 '나는 본래 방송 쪽 일이 맞아', '콘텐츠 기획이 어울려' 같은 생각들. 이는 과거에서 건져낸 하나의 줄기일 뿐이다. 내가 좋아하는 일은 또 다른 환경과 우연적 경험에 따라 얼마든 바뀔 수 있었으며, 이러한 변주는 여전히 현재 진행 중이다. 그러니 어느 날 갑자기 예정에도 없는 인생 2막이 새롭게 펼쳐져도 그리 놀라울 게 없다.

그렇다면 다음의 질문을 끄집어내는 것도 가능하다.

'내가 하는 일에서, 혹은 살아가는 삶에서 느끼는 행복이 과연 진실일까? 지금의 행복이 전부일까?'

플라톤은 일찍이 동굴의 비유를 들어 왜곡된 진실이 얼마나 위험한지를 설명한 바 있다. 한평생 동굴에 갇혀 벽만 보고 지낸 사람들에게, 벽면에 비친 그림자는 믿을 수밖에 없는 거짓 실체였다. 강아지를 그림자로만 본 그들은 그림자만이 강아지의 전부라 확신했다. 동굴 밖에 나가서 실체를 깨달은 자가 아무리 진실을 외쳐도 말이다.

만약 내가 동굴 안에 갇힌 사람처럼 왜곡된 진실을 보고 있는 중이라면? 진정한 행복을 아직 느끼지 못한 거라면?

눈에 보이는 대로의 세상만 존재한다고 믿어버리는 일. 그런 착각이 내게도 일어날 수 있다.

행복. 그래 행복할 수 있다. 충분히 행복할 수 있다. 하지만 지금 느끼는 행복이 환영일 수도 있다. 혼동하는 건지도 모른다. 결국 내가 찾아내고 만들어낸 나만의 주관적인 행복이기에.

나는 지금 무엇을 보고 무엇을 좇고 있는가?

행복인가, 아니면 행복으로 둔갑한 허상인가?

행복의 근원지

진정한 행복은 무엇인가? 어디에 있는가?

그것은 좋아하는 일을 찾는 것도, 내가 하는 일을 좋아하는 것도 아니다. 그보다 우선시돼야 할 것은 내가 좋아하게 된 일이 '어디에서 왔는가'를 명확하고 구체적으로 아는 것이다.

앞서 나는 내가 좋아하는 일을 찾기 힘들다고 말했다. 내가 원하는 것은 순간순간 달라지며, 어떨 때는 존재조차 하지 않는 기분이라고도.

왜일까? 왜 내가 원하는 것은 자꾸만 달라질까?

이유는 하나다. 내가 진짜 원하는 게 무엇인지 모르니까. 그리고 그에 앞서 내가 누구인지, 무엇인지를 알지 못하니까. 내가 왜 존재하고 살아 숨 쉬는지를 모르니, 무엇을 해야 하는지 도저히 알 길이 없다.

열심히 삶을 살아가는 이유에 대해 막연히 '행복해지기 위해서'라고들 말하지만, 그 기준은 얼마나 제각각인가? 모두가 저마다의 방식대로 행복론을 펼치고 있다. 혹은 다른 이의 말에 무의미하게 동조하며 내 것이 아닌 행복 철학을 삶에 추가한다. 하지만 이래서는 답이 없다. 행복에 접근하는 방식 자체가 잘못되었다.

행복의 근원을 찾기 위해선 먼저 삶의 시작점을 살펴볼 필요가 있다. 지도에 목적지가 표시돼있다 한들,

내 위치를 모르는데 어떻게 도착점을 논할 수 있을까. 먼저는 내 위치부터 알아야 한다. 나 자신이 누구인지를 알아야 내가 하는 일도 설명되고, 그 안에서 행복을 찾을 수 있다. 요컨대, 행복의 첫 페이지는 나 자신을 아는 것에서부터 시작된다.

'행복'이라는 목적지를 향해 달려가는 자동차가 있다고 생각해보자. 경로를 이탈해 이리저리 방황도 해봤고, 잠시 멈춘 채 쉬기도 했고, 망가져서 수리도 받았던 자동차. 하지만 꿋꿋이 앞으로 나아가는 자동차.

도착점이 어딘지는 모른다. 자동차는 한 번도 그곳을 가본 적이 없다. 소문만 무성했을 뿐, 그곳이 어떤 곳인지 그곳에 무엇이 있는지 알지 못한다. 여기저기서 다른 자동차들이 달리니 덩달아 달릴 뿐이다. 운전에 방해되는 요소를 줄이고 놀고 싶은 유혹을 뿌리치며 부지런히 열심히.

그런데 정작 중요한 걸 놓치고 있다. 바로 자동차의 '존재 이유'이다. 자동차는 왜 존재할까? 왜 달려야 할까? 출발부터 의문투성이다. 수많은 추측과 궁금증이 만연하지만 답을 찾으려는 노력은 없다. 당장 뒤처지는 차창 밖 풍경을 보며 앞선 자동차를 추월하기 위해 액셀러레이터를 밟는다. 내가 향하는 그 어딘가에 행복이 있다고 굳게 믿으면서.

과연 그럴까? 떠나는 이유도 모르면서 목적지에 다다를 수 있을까? 정말 그곳에 내가 원하는 답이 있을까?

혹자는 말할 것이다. 자동차가 달리는 과정에 행복이 있다고. 하루를 살아가는 순간순간에 행복이 살포시 담겨 있다고. 맞다. 맞는 말이다. 우리는 행복을 위해 살아가는 동시에 행복을 느끼며 호흡하고 있다. 목적지에도, 달리는 길에도 행복이 자리 잡고 있다.

그런데 내가 말하고 싶은 것은 행복을 느끼는 상황이 아닌 행복의 본질이다.

"축구 경기, 꼭 이겨야 하나요? 저는 그냥 축구가 좋아요. 공을 차고 뛰어노는 것만으로도 만족해요. 꼭 경쟁할 필요는 없잖아요?"

이렇게 말하는 사람은 번지수를 잘못 찾아도 한참 잘못 찾았다. 반드시 경기에서 승리해야 한다는 말이 아니다. 축구를 즐기지 말라는 것도 아니다. 나는 우리가 왜 축구를 해야 하는지에 대해 말하고 있다. 이유를 파헤쳐보자는 것이다. 진짜 행복의 밑바탕에 무엇이 있는지, 어떻게 접근할 수 있는지.

흔히 삶에서 중요한 것은 '무엇'을 위하냐가 아니라 '어떻게' 사느냐의 문제라고 말한다. 누군가는 즐겁게,

누군가는 소박하게, 누군가는 남을 도우며, 누군가는 서로 사랑하며, 누군가는 꿈을 이루며 살아야 한다고 외친다. 언뜻 들어보면 다 그럴싸하고 좋은 이야기다.

그런데 진짜 중요한 것은 '왜'라는 물음이다. 왜 살아야 하고, 왜 존재하는지를 해결하지 않고는 삶에 의미를 부여할 수 없다. 자동차가 어디서 났으며 누가 만들었는지를 모르는데, 자동차가 고급이든 운전 실력이 좋든 무슨 의미가 있겠는가?

에리히 프롬은 『사랑의 기술』에서 사랑할 대상이 없어 사랑하지 못한다고 주장하는 이들을 '그림은 그리고 싶지만 그릴 대상을 찾지 못했다며 핑계 대는 사람'으로 비유했다.

행복과 일의 관계 또한 그의 표현을 빌려서 설명할 수 있다.

화가의 행복은 그리는 행위 그 자체에 있다. 그리는 대상에 따라, 그리는 방법에 따라 결정되지 않는다. 원숭이를 그린다고 불행해지지 않으며, 나비를 그린다고 행복해지지 않는다. 화가에게 필요한 것은 그림을 그리는 이유다. '무엇'을 그리는지, '어떻게' 그리는지보다도 중요한 것은 '왜' 그리는지를 아는 것이다. 그리는 이유가 없으면 무엇을 그리든, 어떤 마음으로 그리든 행복할 수 없다.

행복의 뿌리는 살아가는 이유에 있다. 왜 살아가는지를 알아야 한다.

여행의 의미는 떠나는 이유에 있지 목적지에 있지 않다. 누구나 한 번쯤은 바다가 보고 싶다는 막연한 충동을 느낀 적 있으리라 생각한다. 이때 동해인지 서해인지는 중요하지 않다. 왜 바다를 보고 싶어졌느냐가 중요한 것이다. 우울해서인지, 기뻐서인지, 왜 나는 무작정 떠나고 싶은지.

삶도 마찬가지다. 내 꿈과 소명 의식을 정하기에 앞서 생의 의미를 헤아려보는 것이 중요하다. 내가 왜 존재하는지를 모른 채 사는 삶은 우물 안에서 혼자 사는 것과 같다. 우물 밖에 더 넓은 진짜 세계가 있다는 것을 모른 채 말이다.

"나는 사업이 적성에 맞아. 사업이 내 길이야!"

"나는 여행가가 될 거야. 지구촌 이곳저곳을 돌아다니며 내가 느낀 걸 표현하겠어."

"나는 사람들을 도울래. 헐벗고 아픈 사람에게 꿈과 희망을 줄 거야."

"나는 책이 좋아. 감동의 글로 세상을 변화시킬 거야."

"나는 연구하는 게 즐거워. 아직 발견하지 못한 신기술을 개발해보겠어."

물론 본인의 올곧은 소신과 소명 의식도 중요하다. 자신의 꿈과 인생관을 갖는 것도 행복에 중대한 영향을 미친다. 하지만 순서가 잘못되었다.

잠시 세상과 동떨어지는 한이 있더라도 내가 이 세상에 태어난 이유에 대해 고심해보면 좋겠다. 그 이유를 찾다 보면 살면서 무슨 일을 하고 싶은지, 무엇을 해야만 행복해질 수 있는지 자연스레 깨닫게 될 것이다.

존재의 이유

물건을 버릴 때는 물건과 나를 연결하는 생각의 고리도 같이 버리게 된다. 그것을 끊어내야만 비로소 물건 하나를 버릴 수 있다. 물건을 버린다는 것은 나를 둘러싼 모든 물건의 관계를 재정립하는 일이자 내가 새로워지는 과정이다.

그러나 버려야 하는 것이 과연 물건뿐일까?

우리는 물건 외에도 오해와 선입견, 철없는 생각, 게으름, 낭비벽, 취미, 취향과 고집, 지식과 신념, 인간관계 등 많은 것을 버리게 된다. 깨닫는 것이 많을수록, 새로운 것을 채울수록 버려야 할 게 많아진다.

심플은 이렇게 나를 이루던 많은 것들과 이별하고

새로운 것을 받아들이는 길이다. 새것을 받아들이는 것은 이전에 가졌던 생각이 낡은 것임을 인정하는 고백과도 같다. 그리하여 나를 둘러싼 세계의 껍질을 하나씩 벗겨내고, 삶 속에서 말하는 '나는 누구인가'를 고심하며, 그 이해를 바탕으로 다시 태어나는 일이다. 아무것도 갖지 않았던 태초의 순수한 모습으로.

그리고 마침내 발견하고야 만다. 심플의 끝이 존재 이유와 맞닿아있는 것을.

*

삶의 여유보다는, 삶의 이유를

많은 미니멀리스트나 미니멀 라이프를 추구하는 사람들은 '소박한 삶'에 대해 이야기한다.

'느려도 돼요', '완벽하지 않아도 돼요', '애쓰고 싶지 않아요', '하고 싶은 대로 할게요', '있는 그대로가 좋아요', '천천히 살아보렵니다', '퇴사할게요' 등 개인의 여유를 존중하며 편하고 소박한 인생을 이야기한다.

적게 가지고, 적게 먹고, 느긋한 마음으로 휴식을 취하면서 자신의 행복을 충만히 느끼는 삶. 유유자적하게 카페에 앉아 한가로이 주말 오후를 즐기고, 천천히 걷고, 낙엽을 밟고, 소소하게, 슬로우 라이프를 누리라고 한다.

물론 이런 방식이 심플하고 미니멀한 라이프일 수는 있다. 이 또한 삶에서 매우 중요한 것들이기도 하다. 하지만 이것이 삶의 전부일까? 버리고 비우는 것만이 진정한 심플일까?

나는 좋아하는 일이란 결국 변하기 마련이며, 그것 또한 내가 만들어가는 것이라고 생각한다. 그러니 찾아야 할 것은 좋아하는 것이 아니라, 존재 이유를 설명하는 '가치'여야 한다고. 그리고 그 가치를 따르는 삶이야말로 버림에서 나아가, 채움에까지 이르는 진짜 심플한 삶일 것이다.

채움에 이르는 진정한 심플에 이르기 위해서는 진정한 행복이 무엇인지 알아야 한다. 그래서 나는 공식처럼 굳어진 행복의 정의를 재정립하고 싶다. 이를테면 "인생의 목적은 행복이다, 사람이 살아가는 이유는 행복하기 위해서다"와 같은 누구나 정답이라 여기는 명제들에 의문을 던지고 싶다.

태어나보니 이미 많은 것이 존재하고 있었다. 꽃과 나무, 강, 하늘, 공기 등 자연이 펼쳐져 있고 드넓은 우주와 복잡한 과학 법칙이 질서를 이루고 있다. 그 밖에 인류의 소산들—자동차, 컴퓨터, 미술, 음악, 영화, 스포츠, 발명품, 건축물, 게임, 문학 등 수많은 창작물—이 온 세상에 가득하다.

사람들은 서로 도우며 살고 있다. 국가의 국민으로서, 사회의 구성원으로서, 단체에 소속되어 직장과 가정에서 각자의 역할을 다 하며 돕고 베풀며 산다. 하지만 이런 모습은 사람이 살아가야 하는 이유를 설명해주지 못한다. 어떤 삶을 살아야 하는지 근본적인 해답을 제시하지 못한다.

분명한 것은, 사람이 태어나 살아가고 죽는 것에는 이유가 있다는 것이다. 작은 곤충에서부터 사람, 우주에 이르기까지 모든 존재하는 것에는 이유가 있다. 여름철 단잠을 방해하는 모기조차 존재의 의미가(먹이 사슬의 균형 유지, 꽃가루 수분 등) 있으며, 꿀벌이 8자 모양을 그리며 춤을 추는 데에도 이유(의사소통을 위해)가 있다. 그 밖에 사람의 생김새라든지 몸의 구조, 생각하고 말하는 것, 감정을 느끼는 행위에도 이유가 있다.

하지만 대부분은 자신의 존재 의미를 깊이 탐구하지 않는다. 서점을 가도, 강연을 들어도, 텔레비전을 틀어도 잘 먹고 잘 사는 이야기뿐이다. 업무의 생산성 증대나 인간관계 개선, 설득하는 법, 기획하는 법, 어학 공부법, 메모하는 법, 위로나 힐링의 메시지가 전부다.

여기에 머물러서는 안 된다. 무슨 이유로 잘 살고 싶

은 건지를 고민해야 한다. 궁금증 없이 그저 행복만을 좇는 삶이라면, 영원히 일생의 의미를 깨달을 수 없다.

인생의 목적은 행복이 아니다

어릴 적 학교 앞 문방구에서 파는 5백 원짜리 햄버거를 먹을 때면, 세상을 다 가진 듯 행복했다. 하지만 성인이 된 지금은 5천 원짜리 햄버거를 먹어도 별 감흥이 없다. 5천 원짜리 햄버거 말고도 더 훌륭한 대안이 많다는 걸 알게 된 탓이다.

결핍을 느낀다는 건 더 나은 상황을 인식했다는 뜻이다. 새로 나온 스마트폰을 사면 처음엔 신나다가도 새로운 모델이 나오는 순간 만족감이 떨어진다. 서면 앉고 싶고, 앉으면 눕고 싶고, 누우면 자고 싶다. 취업 전에는 취직만 된다면 정말 좋겠다고 생각하지만, 막상 취업하게 되면 또 다른 문제와 직면하거나 갈등을 겪게 된다.

행복이란 결핍을 충족하면서 감사와 만족을 느끼는 심리적 안정 상태라는 말에 동의한다. 결핍이 해결될 땐 행복을, 결핍의 상황에선 고통을 느끼는 존재가 바로 사람이다.

사람은 살아있는 생명체이기에 어떻게든 생존하려

는 본능을 가진다. 위험으로부터 안전해야 하고, 경쟁에서 승리해야 하고, 강해져서 생명을 유지해야 한다.

따라서 생존에 불리한 조건에서는 불행을 느끼도록 만들어졌다. 식사를 제때 못하거나, 시험에 낙방하거나, 연인과 헤어지거나, 큰돈을 사기당하거나 등 불리한 상황에서 고통과 스트레스를 받는다.

그리고 이러한 고통에서 벗어나기 위해 노력한다. 거저 얻어서 쉽게 성공한다면? 그 누구도 노력하지 않는다. 다이어트만 해도 그렇다. 마음 내키는 대로 먹어 살이 찌고 외모가 떨어지고 몸이 병드는 등 고달픔을 느껴야만 위기의식을 갖고 억지로라도 운동하며 식단을 조절한다.

반대로 결핍이 충족된다면? 이때는 행복감에 젖어든다. 큰돈을 벌거나, 마음에 드는 이성과 사귀거나, 계약을 성사하거나, 공모전 수상이나 승진 등 노력의 결실을 볼 때 등등.

행복이란 감정은 사람을 생존하게 만드는 원동력이다. 고통이 채찍이라면, 행복은 당근인 셈이다. 행복은 지향점이 아니다. 지향하는 바에 도달하기 위한 일종의 '보상'과도 같다. 생존할 수 있도록, 삶을 건강하고 바르게 살도록 도와주는 달콤한 자극제가 바로 행복이다.

다시 말해서, 행복은 인생의 목적이 아니다. 살아가

기 위해 행복이 필요한 것이지, 행복을 위해 살아가는 게 아니다. 행복은 그저 부산물에 불과하다. 마치 노동의 대가로 받는 월급과 비슷하다. 직장인에게 월급만이 전부인가? 직장인은 월급을 위해 살아가는 존재인가?

물론 돈은 중요하다. 돈 없이 살아갈 수 없다. 하지만 인생의 목적이 돈은 아닌 것처럼, 행복도 똑같다. 행복이 나쁘고, 소중하지 않다는 게 아니다. 행복은 중요하지만, 행복만을 위해 사는 삶은 정답이 아니다.

그렇다면 무엇을 위해 살아야 할까?

두 가지 결핍

행복은 결핍을 채우는 가치이다. 결핍에는 내적 결핍과 외적 결핍, 두 가지 종류가 있다.

취업, 인간관계, 경제력, 결혼, 외모 콤플렉스, 건강 등은 모두 외적인 결핍이다. 내가 바라는 것들을 다 이뤄도 또 다른 목표와 욕망이 생긴다. 성취와 만족은 일시적이며 순간의 행복만 줄 뿐이다. 그리고 대다수의 사람은 평생 외적인 결핍을 좇다가 생을 마감하게 된다. 풍족할 순 있어도 껍데기뿐인 삶이다.

그러나 이들 또한 삶의 마지막 순간에서 '돈을 더 벌걸', '더 유명해졌어야 했는데', '회사를 더 키웠어야 했어' 같은 후회를 하지는 않을 것이다. 누구라도 죽음의 순간을 앞두고는 '과연 잘 살아온 걸까?', '이게 맞는 삶일까?', '죽으면 어떻게 되지?', '인생의 의미는 대체 무엇일까?" 하는 의문을 느낄 것이다.

그럼 내적 결핍은 무엇인가?

외적 결핍이 풍족함을 추구하며 도착점을 향해 달려가는 길이라면, 내적 결핍은 존재성을 탐구하며 삶의 시작점을 찾아가는 여정이다. 왜 내게 삶이 주어졌는지, 사람은 왜 존재하는지, 세상은 창조된 것인지 혹은 진화한 것인지, 삶에는 옳은 길이 존재하는지를 배워가며 삶을 채워가야 한다.

물론 외적인 행복 역시 중요하다. 하지만 완전한 행복에 이르려면 두 결핍이 모두 충족돼야 한다. 삶은 '나'로부터 시작되었다. 내가 있으니 가정도, 친구도, 직장도, 좋아하는 것들도, 인생의 목표와 행복도 있다. 나를 온전히 깨닫는다면, 사람은 시키지 않아도 노력하게 된다. 감사를 느끼며, 꿈을 꾸고, 변화해 나간다. 마치 학생이 왜 공부를 해야 하는지를 깨달으면 스스로 공부할 수 있는 것처럼.

결론은 이렇다. 자신이 왜 살아가는지를 모르고는 진정 행복할 수 없다는 것. 물고기를 잡아주는 것보다 잡는 법을 알려주는 게 더 좋다는 말이 있다. 그러나 방법을 알려주어도 잡아야 할 이유가 없다면 아무도 물고기를 잡지 않을 것이다.

따라서 우리는 모든 것에 가능성을 열고 찾아볼 필요가 있다.

스티브 잡스는 1998년 5월 25일 비즈니스워크에서 이렇게 말했다.

“많은 경우, 사람들은 원하는 것을 보여주기 전까지는 자신이 무엇을 원하는지도 모른다.”

스마트폰도 써보고 나서야, ‘필요한 거였구나’ 하고 깨닫게 된 것처럼, 인식하기 전에는 모른다. 그 가치를 알 수 없다. 뮤지컬을 한 번도 안 본 사람은, 결코 뮤지컬 배우를 꿈꾸지 못한다. 뮤지컬 자체가 뭔지를 모르니까. 사람은 결국 자신이 이해한 만큼만 세계를 보는 법이다. 내가 휴대폰의 어떤 기능을 모른다면? 평생 그 기능은 못 쓸지도 모른다. 기능은 분명 존재하고 작동되지만, 내가 인지하지 못하면 사용할 수 없다.

아이러니하게도 행복을 위해 살지 않을 때 비로소 행복은 우리를 따라온다. 행복은 좇는 가치가 아니라 따라오는 가치이다. 내 삶의 이유와 나의 결핍을 깨닫는다면, 행복을 좇지 않아도 자연스럽게 행복과 가까운 삶을 살게 될 것이다.

*

심플은 무엇인가?

진정한 심플왕은 누구인가?

첫 번째로, 상대의 말에 귀를 기울이는 사람이다.

둘째로 인생의 의미와 진실을 발견하여 가치를 알아보는 사람이다.

셋째, 버리는 사람이다. 오랫동안 가져온 굳은 신념이라 할지라도 그것이 잘못됐음을 알게 되면, 깨끗하게 인정하는 사람. 물건뿐만 아니라 낡은 옛 생각도 버릴 줄 아는 사람.

마지막으로 심플왕은 채우는 사람이다. 내가 경험하고, 배우고, 실천해본 삶의 이치를 마음에 품는 사람. 그리하여 인생의 목적대로 바르게 살아가는 사람. 그런 사람이야말로 진정한 심플왕일 것이다.

에필로그

심플왕이 된다는 것

깊은 숙면에서 오는 여유, 주린 배를 영양가 있는 양식으로 채우는 식사. 쉬고 싶을 때 쉬고, 갖고 싶은 것을 갖는 것.

이것들은 '나의 행복'이 아니다. 그저 결핍을 채우는 행위에 불과하다. 물론 결핍을 채우는 데서 행복을 느낄 수 있다. 그러나 일차원적인 육체의 안락과 풍족함은 일시적이다. 보다 근본적인 행복은 안락함에 있지 않다. 편안함과 풍족함에도, 만족감에도 있지 않다.

행복은 에너지에 있다는 것을, 주변 사람들을 보며 배웠다. '살아가는 이유를 깨달은 사람들'은 새벽 별이 뜰 때 하루를 시작하며, 다시 새벽 별이 질 때 하루를 마감했다.

언뜻 보면 너무나 고단한 하루라 생각되기 마련이다. 너무한 거 아니냐고 물을지도 모른다. 그리고 일정 부분 맞는 말이기도 하다. 하지만 하루를 온종일 움직이는 에너지가 공급된다면 이야기가 조금 달라진다. 잠이 부족할 정도로 바쁘게 사는 것은 분명 고생스러운 삶이지만, 이를 이겨낼 만큼의 힘이 채워진다면 피로를 잊게 된다. 억지로 피로를 참는 게 아니라, 잠이 오지 않을 만큼 정신이 고조되고 활력이 돋는다.

잠을 적게 자고, 노력하며, 인생을 치열하게만 살자는 뜻이 아니다. 편하고 안락한 생활도 물론 중요하지만, 잊지 말아야 할 것은 '사람으로서 살아가는 이유'라는 걸 얘기하고 싶었다. 이 이유가 명확해지면 삶의 자세가 달라지고, 생활이 바뀌며, 날마다 변화를 꿈꾸게 된다.

생의 이유가 단순히 성공과 부의 축적에 머문다면, 근본적인 존재의 이유를 찾지 못한다면…… 아무리 채우고 채워도 헛헛한 마음을 달랠 길이 없다.

적어도 내가 느꼈던 행복은 그렇다. 아무리 졸리고 배가 고파도 그것을 잊을 만큼 나를 움직이는 에너지가 있을 때, 얼굴과 눈에 생기를 띌 때, 나를 움직이는 강한 신념이 내 모습을 변화시킬 때, 가장 생명력 있게 살 때,

도저히 내 생각과 지식으로는 이해 안 되는 놀라운 일을 경험할 때 행복은 곁에 있었다. 감동에 힘입어 사는 기쁨이 있었다.

심플은 단순하게 사는 방식이 아닌, 변화하는 삶을 살기 위한 수단이다.

'도대체 저 사람은 어떤 힘으로 저렇게 즐겁게 삶을 살 수 있을까?'

상대의 마음에 이 문장을 심어놓을 수 있는 사람이라면, 그는 더없이 행복한 사람이리라. 심플한 사람이리라.

*

배낭을 열어 물건을 담았다. 손전등과 이어폰, 우산, 수첩과 펜, 나이프, 옷가지, 물통, 약간의 현금. 그리고 무료함을 달랠 소설 한 권과 와사비 맛 크래커 한 통. 배낭이 무거울 정도로 가득 챙겨 길을 떠났다.

길에서 좋아 보이는 물건을 발견하면 주저하지 않고 챙겨 가방에 넣었다. 배낭은 점점 무거워졌다. 물건이 넘쳐 잘 닫히지 않을 정도였다. 그러나 새로운 물건을 발견할 때마다 갖고 싶은 마음이 생겨서 나는 몇 번이고 가방 속 물건을 뒤엎었다.

그러던 중 커다란 보석 하나를 발견했다. 자세히 보니, 내 얼굴보다도 큰 다이아몬드였다. 즉시 배낭 안을 살폈다. 무언가를 버리지 않는 이상, 다이아몬드가 들어갈 자리는 없어 보였다.

무엇을 뺄까? 무엇을 버려야 하지?

배낭에 든 물건 모두 내겐 너무나 소중한 것들이었다. 하지만 더 가치 있는 것을 발견한 순간, 소중했던 물건들은 한낱 짐처럼 느껴졌다.

그제야 알 수 있었다. 무엇을 버릴까 하는 고민은, 무엇을 채울까의 고민과 연결되어있음을. 버림은 채움의 또 다른 이름임을. 넣을 것이 생겨야만 비로소 뺄 것이 보였다.

내 안에 채워야 할 다이아몬드는 무엇일까? 내게 소중하지 않은 것들 때문에 정작 중요한 것을 보지 못하는 중은 아닐까?

그것을 볼 수 있다면, 우리는 진정으로 심플해질 수 있을 것이다.

심플왕

넘치는 욕망을 싹둑 잘라내는 심플 탐험 에세이

초판 1쇄 발행 2021년 11월 11일

지은이 유강균
펴낸이 서재필
책임편집 양수빈
펴낸곳 마인드빌딩
출판신고 2018년 1월 11일 제395-2018-000009호
전화 02)3153-1330
이메일 mindbuilders@naver.com

ISBN 979-11-90015-63-9 (03810)

• 책값은 뒤표지에 있습니다.
• 잘못된 책은 구입하신 곳에서 바꿔드립니다.

마인드빌딩에서는 여러분의 투고 원고를 기다리고 있습니다. 출판하고 싶은 원고가 있는 분은 mindbuilders@naver.com으로 기획 의도와 간단한 개요를 연락처와 함께 보내주시기 바랍니다.